KB079977

따뜻한
마음
한
그릇

삶,
가슴 뛰는 열정으로

# 따뜻한
# 마음
# 한
# 그릇

**초판 1쇄** 2017년 3월 1일
**지은이** 고성돈
**펴낸이** 전승선
**펴낸곳** 자연과인문
**북디자인** 신은경
**인쇄** 대산문화인쇄
**출판등록** 제300-2007-172호
**주소** 서울시 종로구 삼일대로 445
**전화** 02)735-0407
**팩스** 02)744-0407
**홈페이지** http://www.jibook.net
**이메일** jibooks@naver.com

ⓒ2017 고성돈

ISBN 979-11-86162-24-8 03810
값 15,000

이 책은 저작권법에 따라 보호를 받는 저작물이므로
무단복제와 무단전재를 금하며 이 책 내용의 전부 또는 일부를 이용하려면
반드시 저작권자와 자연과인문의 서면동의를 받아야 함.

# 따뜻한 마음 한 그릇

고성돈 지음

자연과
인 문

따뜻한
마음
한
그릇
———————— C O N T E N T S ————————

o
n
e

*f*
*o*
*u*
*r*

*f*
*i*
*v*
*e*

# 두근거림의 힘

# 스페셜리스트의
# 따뜻한
# 인생사용법

이 책의 저자인 나의 친구 고성돈 박사는 팔방미인이다. 학창시절 산악부 활동을 했고, 요즘도 제주의 오름과 한라산을 즐겨 찾는다. 나도 그를 따라 다니며 제주의 수려한 풍광에 취하곤 했다. 더구나 그는 미식가이다. 맛있는 음식이 있는 곳이라면 사양하지 않는다. 또한 그는 노래도 잘 부른다. 한때 성악과 진학을 꿈꾸었다는 그의 스테이지 매너는 기성가수를 뺨친다. 그래서 그와 함께 하는 시간은 항상 즐겁다. 그는 또 베스트 드레서이다. 만날 후줄근한 옷을 걸쳐 입은 나를 심하게 나무라곤 한다.

이렇듯 그는 멋쟁이 신사이고, 미식가이며, 세상을 품어 안고 사는 낭만가객이다. 이런 그가 다방면에 걸친 박식함으로 인간과 인생에 대하여, 제주와 제주의 현안에 대하여 수년간 제주일보 등에 좋은 칼럼을 연재해왔다는 것은 그리 놀랄 일이 아니다.

2008년에 '리더십과 임파워먼트'와 '제주형 의료관광 육성전략'이라는 저서를 펴내고 많은 연구를 수행해 온 스페셜리스트이다. 이번 저서에는 제주도의 블루오션전략, 고령친화산업과 해양레저산업에 대한 소고 등 제주사회의 현재에 대한 진단과 미래비전 제시가 들어 있다. 그만큼 그가 제주를 사랑한다는 증좌이다.

또한 화엄경에 나오는 선재동자의 이야기를 통하여 구도자의 길을 걸어가는 인간의 불굴의 의지를 설파하기도 하고, 친구들끼리 술자리에서 많이 회자되었던 '가을 유감'에선 우리에게 행복과 풍요를 선물하는 겸손의 미덕을 통찰한다. 이제 그의 나이도 인생의 가을에 비유할 수 있을진대, 이런 저서를 통해 행복과 풍요의 지혜를 여러 사람들과 나눌 수 있다면 더 바랄 것이 없다는 생각이 그로 하여금 이 책의 출판에 용기를 더하였으리라.

우리가 살고 있는 이 지역 공간은, 제주라는 가난하고 소외된 섬에서 많은 대한민국 국민들이 와서 살고자 하는 힐링의 섬, 그리고 혹자들이 말하는 국제자유도시로 변모하고 있다. 심지어는 중국 자본의 위력이 지역 공동체와 고유문화를 송두리째 삼켜버리지 않을까 하는 두려움까지 주고 있다.

또한 초고령화사회를 맞아 노인의 일자리와 복지 문제를 시급히 해결하여야 하고, 젊은 세대들과의 소통과 공동선을 추구하기 위한 노력도 함께 하며, 더 나아가 국제적 감각과 미래 기술에 대한 이해와 경험이 생존의 필요조건으로 나타나고 있다.

이런 사회적 환경 속에서 지식인들은 과연 어디를 바라보고 있을까를 추단해볼 때, 이 책에서 엿보이는 것은 자신이 축적한 경험과 지혜를 독식하는 것이 아니라 널리 이웃과 공유하고, 독선적인 자만과 인간 경시적 태도에서 벗어나 당면한 현안과 다가올 미래를 진지하게 고민하고 해결해 나가려는 의지를 전파하는 것이라고 생각해본다.

아마 이 책과 저자를 바라보는 내 시각이 그리 틀리지는 않다고 보는 이유는, 평소에도 그를 예리한 스페셜리스트이자 따뜻한 제너럴리스트라고 느꼈던 감정과, 그가 인간에 대한 두터운 애정에 바탕을 두고 인생을 살아왔다는 확신이다.

아직도 저자는 남은 길이 멀다고 생각하고 있을지도 모른다. 그러나 그 남은 길도 거침없이 달려갈 것이라고 믿어 의심치 않는다. 앞으로도 더 깊고 넓은 지성의 우물을 담은 연구서와 저서들로 우리를 기쁘게 해 줄 것이라고 기대한다.

2017년
이른 봄에
변호사 권범

*congratulatory message*

# 축하의 글

제주의 지역신문에 정기적으로 시론을 쓰는 친구의 글이다. 물론, 나는 그 글의 애독자중의 한 사람이다. 처음에는 친구의 글이기 때문에 약간은 의무감으로 읽기 시작했으나 언제부터인가 그 글을 기다리는 팬이 되어버렸다.

물질이 우리의 삶을 덮어버리고 처세와 재테크 등 세속적인 글이 가득한 세상에서 친구의 글은 나에게 늘 다른 시각을 제공하곤 했다. 화려함으로 시선을 끌지는 않았지만 가만히 읽다보면 오히려 더 끌려가고 있는 나를 발견하곤 했다.

이번에 친구가 그동안의 글을 모아서 책을 발간한다고 축사를 써 달라고 한다. 아마도 본인 글이 화려하지 않음을 알고 글에 맞는 화려하지 않은 친구한테 부탁을 했나 보다. 술김에 수락하였다. 그런데, 잘한 것 같다.

친구는 제주의 전략산업 발전을 지원하고 있는 테크노파크에서 근무를 한다. 천혜의 자연환경을 지키면서도 지역주민의 부와 일자리를 창출할 수 있는 방법을 IT/BT 등 지식집약형 산업에서 찾아야 한다며 그동안 많은 노력을 해왔다.

고향에 대한 애정이 깊어 고향의 자연에 대한 공부를 많이 했다. 한라산의 각종 꽃과 풀이름을 가장 많이 알고 있는 친구이다. 물론, 제주의 오름과 둘레길, 올레길도 섭렵한 친구이다. 이 친구와의 산행은 늘 나에게 즐거움이다.

친구의 손에는 늘 책이 들려 있다. 시, 소설, 인문학 서적 등 두루 탐독한다. 가끔 내게 가슴에 와 닿는 시를 선사하곤 한다. 독서의 과정에서 하게 되는 삶에 대한 고민의 흔적들을 술자리에서 토론하기도 하고 함께 하는 산행에서도 자주 담론을 펼치곤 한다. 자기 직업에 대한 열정, 고향에 대한 애정 그리고 인간으로서 삶에 대한 고민 등이 모여 그동안의 글들이 만들어졌나 보다.

축하의 글

사실, 우리세대는 참 격변하는 시기를 살아왔다. 검정 고무신 신고는 책 몇 권을 보자기에 싸매고 등교하던 시절이 엊그제인데 따뜻한 물이 항상 나오는 나름 괜찮은 방 3개짜리 아파트에 살고 있다고 뿌듯했었다. 그러나 천정 높은 줄 모르는 교육비를 감당하느라 허덕이다 보니 어느새 정년이 눈앞에 다가와 있다.

갑자기 그동안 내가 한 일이 무엇인지 모호해지고 앞날이 두렵기만 하다. IBM 퍼스널 컴퓨터 등장에 환호하며 워드프로세서와 스프레드시트 사용을 나름 열심히 익혔는데 어느 틈에 각종 정보통신 기술 발전에 뒤처져 있는 나를 발견하게 된다.

조직에서는 주류에서 벗어난 갈참이 되어가고 있고 가정에서는 밖에서만 지내는 사람으로 고착화 되어가고 있다. 점점 패기와 호기심은 사라져가고 새로운 일과 변화가 불편해지기 시작했다. 친구들과의 소주 한잔에 힘을 빌려 다시 한번 자신감을 외쳐보지만 다음날 아침 후회만 남고 오히려 공허감만 커져간다.

이러한 나에게 친구의 글은 많은 위안을 준다. 물론 근본적인 치유는 내 몫일 것이다. 그렇지만, 누군가의 경험과 생각을 통해 한번 더 지난날과 지금을 생각해보고 또 앞날에 대한 생각을 다듬어 보는 것이 그러한 치유에 많은 도움이 되는 것도 사실이다. 특히, 우리와 같은 세대에 같은 경험을 했던 사람들의 진솔함을 담고 있는 친구의 글은 더욱 도움이 된다.

그동안의 글을 모아 책을 발간하기로 한 친구의 결정을 환영한다. 뜨겁지도 않고, 차갑지도 않은 그저 따뜻한 가슴에서 나온 어쩌면 밋밋해 보일 수도 있는 한 마디 한 구절이 보다 많은 우리 세대들에게 위안을 줄 수 있기를 희망한다.

또한, 이번 발간 작업을 거치면서 좀 더 성숙해진 좋은 글들이 계속 이어지기를 기대한다.

2017
봄이 오는 길목에서
JDC 이철민

축하의 글

*prologue*

# 들어가는 글

지금, 우리 사회는 굳건히 지켜온 모두의 가치가 무너지고 정치와 경제도 엉망이 되어버렸다. 여기저기에서 화를 참지 못하고 폭발직전에 있다. 역병 같이 번지는 정신적 혼돈을 치유할 리더십이 절실히 필요한 시기다. 신뢰하고 존경할 수 있는 리더들의 부재를 탓할 것이 아니라 적극적으로 리더십의 역량을 발휘하고 우리 사회를 바로잡을 리더들이 나와서 새로운 비전을 보여주어야 할 때이다.

리더십을 이야기할 때 거론되는 주제도 다름 아닌 비전이다. 비전은 그만큼 리더에게 소중한 의무다. 다시 말해 리더는 현실에 안주하기보다 미래를 가꾸어 가는 사람이다. '리더'는 미래지향적으로 무엇을 해야 할 것인가를 정해 주고 구성원들 스스로 해 나가도록 자극하고 인도해 주는 역할을 한다고 볼 수 있다. 리더십과 비전은 동전의 양면 같은 것이다. 실현가능한 꿈을 제시하는 것이 바로 비전이다.

원칙이란 것은 우리가 원하건 원하지 않건, 받아들이건 받아들이지 않건 자연에 존재하면서 인간을 지배하고 있고, 우리는 거기에 아무런 불만을 제기하지 않는다. 우리는 누구나 성공하기 위해 정말 열심히 일한다. 조직 또한 마찬가지다. 하지만 잘못된 길로 열심히 걸어가고 있다면 그것은 실패를 위해 노력하는 것과 같다. 개인과 조직에 무엇보다 시급한 것이 바로 그 방향이다.

이 책을 내게 된 동기는 이렇다. 그 동안 경영에 관한 이야기 들을 신문사에 시론 형태로 계속 보냈다. 주제는 대개 리더십과 인간관계에 관한 내용이었다. 그 글들을 모아 한권의 책으로 만들었다. 글들을 추리다 보니 제 시각은 상당히 주관적이고 단편적이며, 알고 느끼고 겪은 것들을 쉽게 표현 하는 일에는 실패했으며, 비판은 무디고, 감동과 설득보다는 흥분과 주장이 앞선다는 것을 느낀다. 참으로 부끄럽다.

부족한 원고를 하나의 책으로 만드는데 격려와 노고를 아끼지 않으신 자연과인문 출판사 전승선 대표님과 임직원 여러분께 깊은 감사를 드린다. 각종 자료를 일일이 스크랩해서 보관해주신 부모님, 늘 감사드린다. 바쁜 교직생활에 방학을 이용해서 원고정리를 도와준 큰딸 서영에게도 감사하다는 말 전한다. 그리고 시간을 내서 교정을 보느라 애쓰신 같은 직장의 신정연 선생님께도 감사를 드린다.

세상은 점점 더 복잡해지고, 어려워지고 있다. 개인의 설자리도 점점 더 좁아진다. 그렇다면 대안은 무엇일까. 자신의 정체성을 찾는 일이다. 그러기 위해서는 훨씬 다양하고 정교한 노력이 필요하다. 우리는 항시 노력하지 않고 성공하려는 마음을 갖고 있다. 그래서 로또 복권을 사기도 하고, 유산을 기다리기도 하고, 막연한 행운을 기대하기도 한다. 그러나 세상에 그냥 얻어지는 것은 없다.

꽃은 추운 겨울을 나야 피는 법이다. 가지 않은 길이 쉽게 길을 내어 줄 리 없다. 자신감을 가지고, 스스로에게 신념을 주고, 최선을 다해 노력하면 이루어지게 되어 있다. 모쪼록 이 책이 따뜻한 마음 한 그릇이 되어 더 나은 내일을 여는데 조그만 디딤돌이 되기를 소망한다.

2017년 2월
고성돈

들어가는 글

one

리더와
리더십
사이

따뜻한

마음

한

그릇

道
# 길과 리더십

**길눈**이 어두운 필자는 낯선 어딘가를 갈 때마다 스트레스를 받는다. 그곳이 혼잡할수록 스트레스는 더 커진다. 처음 그곳을 가는 경우에는 약도만으로는 부족하여 아는 사람에게 묻고 또 묻는다. 하지만 몇 번 가서 익숙해지면 그 다음부터는 시간에 빠듯하게 출발하고 도착한다. 무엇보다도 익숙한 곳에 가는 경우에는 마음이 편하다. 길을 알기 때문이다.

지난주 오름에서 길을 잃었다. 잠시 일행과 떨어진 것인데 그렇게 불안할 수가 없었다. 날은 춥고 어두워지는데 어디가 길인지 알 수가 없어 그냥 그 자리에 앉아 있었다. 다행히 일행이 바로 돌아

1. 리더와 리더십 사이

오는 바람에 별일은 없었지만 길을 잃었을 때의 황당함을 알게 되었다.

길이란 바로 그런 것이고 동양철학에서 얘기하는 도道도 그런 것이다. 필자는 가끔 머리가 복잡하면 제1횡단도로를 달려 서귀포에 가서 차를 한 잔 마시고 돌아온다. 어떤 날은 안개 때문에 기어간다는 표현이 맞을 정도로 서행해야 하는 경우를 겪게 된다. 앞차가 보내주는 비상등 신호조차 안개가 흡수해버려 보이지 않는다. 말 그대로 오리무중이다.

우리가 걸어가고 있는 인생행로도 '불확실'이라는 안개가 잔뜩 끼어 있다는 생각을 한다. 개인, 기업, 정부 할 것 없이 미래에 대한 불안감을 가지고 있다. 하지만 불확실성을 제거해 줄 능력은 그 누구도 가지고 있지 않다. 안개 속에서 헤매고 있을 때 누군가가 서치라이트를 비춰준다면 전방을 제대로 보면서 안전하게 갈 수 있게 될 것이다. 인생행로나 기업 운영에서 이런 역할을 하는 것이 바로 비전이다.

비전Vision, 비전 하는데 비전이란 도대체 무엇인가? 간단하게 말해서, 비전이란 '어렵지만 노력하면 도달할 수 있는 꿈으로 바람직한 장래의 모습'이다. 즉, 실현 가능한 꿈Possible dream이다. 리더십을 이야기할 때 거론되는 주제도 다름 아닌 비전이다. 비전은 그만큼 리더에게 소중한 의무다. 다시 말해 리더는 현실에 안주하기보다 미래를 가꾸어 가는 사람이다.

'리더'는 미래지향적으로 무엇을 해야 할 것인가를 정해 주고 구성원들 스스로 해 나가도록 자극하고 인도해 주는 역할을 한다고 볼 수 있다. 신뢰와 리더십은 강요할 수 없다. 그것은 획득해야 하는 것이다. 사람들이 자신을 따르지 않고 믿지 않는다면 그것은 그들의 잘못이 아니다. 그것은 그 동안 그가 한 행동에 대한 자연스러운 결과이다. 즉, '자연의 법칙'이다.

인간은 수많은 자연법칙의 지배를 받고 있다. 작용·반작용의 법칙, 관성의 법칙……. 이런 자연법칙 또는 원칙에 대해 인간은 아무런 이의를 제기하지 않는다. 또 거기에 대해 토의하지 않는다. 원칙이란 것은 우리가 원하건 원하지 않건, 받아들이건 받아들이지 않건 자연에 존재하면서 인간을 지배하고 있고, 우리는 거기에 아무런 불만을 제기하지 않는다.

높은 데서 떨어져 다리가 부러졌을 때 "이놈의 중력 때문에 내가 다쳤네"하는 사람은 없다. 우리 각자는 성공하기 위해 정말 열심히 일한다. 조직 또한 마찬가지다. 하지만 잘못된 길로 열심히 걸어가고 있다면 그것은 실패를 위해 노력하는 것과 같다. 개인과 조직에 무엇보다 시급한 것이 바로 그 방향이다.

길이 보일 때 인간은 안심을 한다. 반대로 길이 보이지 않으면 우리는 안절부절못하며 불안해한다. 길을 알기 위해 애쓰는 것을 '도道 닦는다'고 하고 삶의 진리를 깨달은 사람을 도인이라고 한다. 동양에서 도란 것은 결국 '원칙 위주로 사는 것' 아니겠는가?

# 리더십과 권한위임

**리더십**을 이야기 할 때 많이 인용되는 유머가 있다. 리더십 유형을 '똑부형' 리더, '똑게형' 리더, '멍부형' 리더, '멍게형' 리더로 분류하고 이중에서 똑똑하고 게으른 유형(똑게형)을 '최고의 리더'로, 멍청하고 부지런한 유형(멍부형)을 '최악의 리더'로 꼽는 것이다. 즉, 업무 파악을 정확히 하면서도 주요 업무는 부하에게 맡기는 리더는 인재를 키우고 조직을 발전시키지만, 상황 판단이 어두우면서도 끊임없이 불필요한 일을 만드는 리더는 개인과 조직을 지치게 만든다는 것이다.

1. 리더와 리더십 사이

또 지도자 유형을 '관리자'와 '리더'로 구분하기도 한다. '관리자'가 변화에 반응하는 사람이라면, '리더'는 변화를 만들어 내는 사람이다. 즉, '관리자'는 조직 내·외부의 변화를 나름대로 파악하고 그 변화에 따라가기 급급한 사람인 반면, '리더'는 외부 환경의 변화를 감지하고 조직 내의 바람직한 변화를 이끌어 내는 사람이다.

이처럼 훌륭한 리더십은 기업이나 정부, 지자체, 그리고 기타 수없이 많은 집단이나 조직의 성공에 필수 불가결한 요소이다. 다시 말해서 '관리자'가 과거 지향적으로 이미 주어진 일이 완성되도록 관리하는 역할을 한다면, '리더'는 미래지향적으로 무엇을 해야 할 것인가를 정해 주고 구성원들 스스로 해나가도록 자극하고 인도해 주는 역할을 한다고 볼 수 있다.

한편 구성원들의 혁신성과 창의성 배양, 능력 신장, 조직 유효성 증진 등을 위한 개념으로 임파워먼트가 제시되고 있다. 임파워먼트 Empowerment란 말 그대로 부하에게 파워Power를 준다는 의미로, 변화하는 환경에 능동적으로 대처하고 고객만족을 추구하고자 상대적으로 조직의 하위계층 사람들에게 의사결정 권한을 많이 위양·위임하는 것이라고 할 수 있다. 실질적으로 조직 변화는 구성원 개개인의 사고·행동의 변화를 통해 일어나고, 이러한 구성원의 변화는 부서 혹은 팀 단위의 하위 단위조직에서 유발되어야 한다.

신뢰와 리더십은 강요할 수 없다. 존경 또한 강요할 수 없다. 그
것은 획득해야 하는 것이다. 사람들이 자신을 따르지 않고 믿지 않
는다면 그들의 잘못이 아니다. 그것은 그 동안 그가 한 행동에 대
한 자연스러운 결과이다. 존경받는 인격은 어떻게 갖춰지나? 존경
은 존중과는 다른 개념이다. 인정해 주고 존중할 수는 있지만 인격
과 무관한 재능이나 기술에 존경이라는 말을 쓰지 않는다. 존경은 '
사람'만이 갖출 수 있는 가장 '사람'다울 때, 사람의 격을 높일 때 사
용한다.

사람을 믿고 기용했으면 그에게 모든 권한을 주고 맡겨야 한다.
적임자라고 기용해 놓고 다시 자기의 눈치를 보게 만든다면 그런 체
제에선 아무리 능력이 있는 사람이라도 능력을 발휘하기 어려울 것
이다. 리더는 비전과 전략 방향을 명확히 제시하고 구성원들에게 임
파워먼트의 의미를 명확하게 이해시켜야 한다. 아울러 조직 구성원
들은 이러한 이해를 바탕으로 상사의 허락이나 지침을 기다리지 않
고 자기 스스로 업무를 수행하면 조직의 성과와 개인의 능력을 향상
시킬 수 있을 것이다.

손발이 하는 일을 머리가 다 할 수 없다. '지도자'라는 사람들이

어떤 사업이나 정책 잘못을 구성원의 능력 탓이라고 질타하는 것을 언론을 통하여 접하며 지도자 자신이 '내 탓이오'하는 마음 자세가 아쉽다.

# 진정한 리더십

**"인간은** 사회적 동물"이라고 아리스토텔레스가 말한 것처럼, 우리는 집단을 만들고 조직의 구성원으로서 일상생활을 영위해 간다. 조직은 일정한 목적을 가지고 있으며, 이 목적을 달성하기 위하여 내부적으로 지위나 역할의 분화와 구조를 이룬다.

여러 사람이 모여 있는 조직이 능률적으로 관리 운영되기 위해서는 리더십이 매우 중요하다. 리더십도 역사의 변천과 더불어 변화되어 왔다. 전통적 사회에서의 권위적 리더십은 정치 · 경제 · 사회 · 문화의 제도적 변화 속에서 민주적 리더십으로 바뀌어 가고 있다. 리더십과 관련하여 '자율경영'이란 말을 주위에서 흔히 듣는다. 자율경영이란 말 그대로 조직의 최고책임자가 모든 일을 결정하던 것을 구성원들 스스로 맡은 분야의 업무를 책임지고 수행하는 방식의 경영이다.

자율경영은 의사결정이 신속하다는 점 이외에도 많은 장점이 있다. 현장 전문가가 스스로 판단해서 일할 수 있도록 여건을 조성해줌으로써 상급자의 일반적인 관리 방식에 따른 거부감을 줄일 수 있고, 상급자가 모르고 있는 현장의 전문성을 최대한 살릴 수 있다. 자율경영은 지시·통제하는 방식으로 조직을 운영할 때보다 더 어렵다고들 말한다. 기존의 사고방식을 바꿔야 하고 새로운 체제를 위한 능력을 배양하기가 어렵기 때문이다. 따라서 역설적인 얘기지만 자율경영은 더 많은 리더십을 요구한다.

과거의 수동적·획일적인 조직문화를 자율적·창의적인 모습으로 바꾸는 것, 이를 위해 스스로의 모습을 바꾸는 것, 이것이 시대가 요구하는 새로운 리더십이다. 경영이란 '사람을 활용해 조직의 비전을 달성하는 일'이라 하지 않는가. 제도를 인간의 욕구에 맞도록 만들고 자율적인 분위기를 만들어주는 일이 무엇보다 중요하다.

그리고 리더십과 관련하여 조직을 처음 맡는 관리자나 조직생활을 처음해보는 구성원들이 쉽게 빠지곤 하는 함정이 하나 있는데, '권한위임'에 대한 잘못된 인식이 그것이다. 권한위임이라고 하면 흔히 '믿고 맡기는 것'이라고 생각한다. 관리자도 일을 맡긴 다음에 결과를 가져올 때까지 기다리고, 구성원들도 관리자의 간섭을 받지 않고 보고할 필요 없이 자신들만의 판단으로 일을 처리하는 것을 권한위임이라고 생각한다.

그러나 이것은 엄청나게 잘못된 생각이다. 믿고 맡긴다는 명목 하에 그냥 내버려두는 것은 방임에 지나지 않는다. 관리자가 권한위임이라는 명목 하에 모든 일을 구성원들에게 맡기고 내버려두었다가 문제가 생겼을 때에야 질책하는 것은 올바른 태도가 아니다. 마찬가지로 구성원들도 관리자가 도중에 일의 진행을 파악하는 것을 자신을 못 믿기 때문이라고 생각하여 섭섭해 하는 것은 옳지 않은 일이다.

'권한위임'이란 관리자가 구성원들을 믿고 일을 맡기는 동시에, 일의 진행 상황을 파악하면서 적절한 때에 필요한 도움을 주는 것이다. 관리자의 권한위임은 스포츠에서 감독과 같은 역할이라고 볼 수 있다. 경기는 선수에게 믿고 맡기지만, 감독은 전체적인 전략을 짤 뿐만 아니라 각 선수들의 행동을 관찰하고 필요한 조언을 해주면서 경기를 이끌어 간다.

진정한 리더십을 발휘하려면, 리더는 구성원들에게 성과를 높일 수 있도록 도와주는 사람이라는 믿음을 심어주고, 같이 일을 해나가면서 이를 증명해 보여야 한다. 리더십은 부여해주거나 혼자 만들어가는 것이 아니라, 구성원들의 인정을 통해 얻어지는 것이기 때문이다.

# 팔로워십을 갖춰라
## 리더가 되려면

**우리**는 리더십에 대한 얘기는 귀에 못이 박히도록 들어왔다. 리더는 어떻게 해야 하고, 리더의 역할은 무엇이고, 팔로워<sup>follower</sup>들이 싫어하는 리더는 어떤 유형이고 등등……. 하지만 팔로워의 역할은 무엇인지에 대해서는 알려고 하지도 않았고, 관심도 없었다. 하지만 리더십 못지않게 중요한 것이 팔로워십이다.

Kelley의 연구에 의하면 조직의 성공에 있어서 리더가 기여하는 것은 많아야 20% 정도이고 그 나머지 80%는 팔로워들의 역할이며, 아무리 직급이 높은 리더라 하더라도 리더로 일하는 시간보다 팔로워로 일하는 시간이 더 많다고 하여 팔로워십에 대한 연구의 중요성을 제기하고 있으며, 리더가 아무리 중요하다고 해도 리더십만으로는 부족하고, 창조적인 리더십과 창조적인 팔로워십이 맞장구를 쳐주어야 성공적인 조직이 된다고 했다.

건전한 팔로워십을 이끌어 내기 위해서는 무엇이 필요할까? 이 질문의 답은 의외로 쉬운 곳에 있다. CEO나 신입직원을 제외하곤 모두 자신의 상사가 있고, 아랫사람이 있다. 최고 통치자에게는 상사가 없을 것 같지만, 최고통치자의 상사는 국민이다. 이를 알고 나면 답은 분명해진다. 스스로 자신의 리더에게 바라는 바를 자신의 팔로워에게 베풀고, 자신의 아랫사람에게 바라는 것을 자신의 리더에게 실천하는 것이다.

그리하면 팔로워들은 리더의 목표나 지시를 냉철하게 검토하고 보다 나은 의견을 제시하려 노력하며, 일단 결정이 내려지면 최선을 다해 완수하려고 한다. 조용히 입을 다물고 시키는 일이나 하는 것은 좋은 팔로워가 아니다. 필요하다면 건설적인 방법으로 리더에게 문제를 제기하고 기존의 의사결정을 제고하도록 조언해야 한다. 이와 더불어 결정된 사항에 대해서는 한 팀으로서 '운명공동체'라는 인식을 가지고 최선의 결과를 얻기 위해 노력을 다하는 팔로워가 건전한 팔로워다.

"남을 따르는 법을 알지 못하는 사람은 좋은 지도자가 될 수 없다" 아리스토텔레스가 한 말이다. 좋은 팔로워가 된다는 것은 좋은 리더가 되기 위한 선행 조건이다. 건전한 팔로워십을 발휘하다 보면 어느 순간 자신의 부하에게서 존경과 신뢰를 받는 리더로 커가고 있는 자신을 발견할 수 있을 것이다. 수준에 맞는 리더를 갖게 되는 것은 자연스러운 현상이다. 우리 수준이 높다면 말이 안 되는 인물이 리더가 될 수 없고 일시적으로 리더가 되더라도 버틸 재간이 없다. 하지만 말이 안 되는 사람이 활동하도록 뽑아놓은 것은 사실 우리이다. 우리의 안목이 거기에 그치는 것이다.

리더십만큼 중요한 것은 팔로워십이다. 유능한 지도자 밑에 역량 있는 부하가 탄생하기도 하지만 좋은 팔로워들이 멋진 리더를 만들 수도 있다. 팔로워의 수준이 높아져야 리더의 질도 높아진다.

"국민은 꼭 자기 수준에 맞는 지도자를 갖게 된다" 처칠의 말이다.

1. 리더와 리더십 사이

# 리더십과 팔로워십

**당신은** 어떤 조직의 리더입니까?

"아마도 어떤 조직에서는 그렇고, 다른 데 가서는 팔로워의 역할을 하지요"라고 답했다면 정답이다. 당신은 기러기가 V자형을 지어 가면서 날아가는 모습을 보았을 것이다. 제각기 특정한 역할을 다 하면서 날아가는데 앞에서 날아가는 새가 리더이고, 뒤에서 쫓아가는 새들이 팔로워이다. 인간사회도 마찬가지이다. 조정경기에서 보면 리더는 방향을 제시하는 사람이고 노를 젓는 사람들은 팔로워들이다. 이처럼 가정이나 다른 조직에서 각각 수행하는 역할을 '리더십' 또는 '팔로워십'이라고 한다.

조직 내 모든 사람은 리더이기도 하고 팔로워이기도 하며 리더십은 팔로워십 없이는 일어나지 않고, 좋은 리더는 좋은 팔로워일 수 있고 거꾸로 좋은 팔로워는 좋은 리더가 될 수 있기 때문에 리더십과 팔로워십은 동전의 양면과도 같은 것이어서 인간관계 영역에서 함께 거론되어야 할 가장 중요한 연구과제다.

이처럼 리더십 못지않게 중요한 것이 팔로워십인데 이에 대해서는 알려고도 하지 않았고, 관심도 없었다.

왜 이런 얘기가 있지 않은가. 가위, 바위, 보 게임에서 '바위'는 왕권을, '가위'는 선비들을, '보'는 백성을 상징한다고. 그리하여 '바위'는 '가위'에는 이기지만 '보'에겐 지고, '가위'는 '보'에겐 이기지만 '바위'에는 지고, '보'는 '가위'에겐 약하지만 '바위'에게는 강하다고……. 이를 알고 나면 답은 분명해진다. 자신의 리더에게 바라는 바를 자신의 팔로워에게 베풀어야 한다. 그리하면 팔로워들은 리더의 목표나 지시를 냉철하게 검토하고 보다 나은 의견을 제시하려 노력하며, 일단 결정이 내려지면 최선을 다해 완수하려고 한다.

리더와 보스의 차이를 이렇게 설명하기도 한다. 리더가 'Let's go'하는데 반해 보스는 'go'한다. 다시 말하면 리더는 사람을 이끌어 신뢰에 의존하고, '우리'를 말하고 '가자'고 희망을 주고, 장점을 보고, 보람을 남기고, 권위를 쌓고, 무엇이 잘못되어 있는가를 알려주고, 자기 의견에 반대하는 사람을 가까이 하고, 귀가 여러 개 있어 남의 말을 잘 듣는다. 그러나 보스는 사람을 몰고 가고, 권위에 의존하며, '나'를 말하고, '가라'고 공포를 주며, 단점을 보며, 부담을 남기고, 권력을 쌓고, 누가 잘못하고 있는가를 지적하며, 자기와 의견을 달리하는 사람을 미워하며, 듣기 좋은 말만을 듣는 귀가 하나만 있어 선택적 듣기를 한다는 것이다.

리더십은 보스 기질이 아니다. '영향력'을 의미하는 개념이다. "남을 따르는 법을 알지 못하는 사람은 좋은 리더가 될 수 없다" 아리스토텔레스가 한 말이다.

# 리더십 이야기

**업무** 파악을 정확히 하면서도 주요 업무는 부하에게 맡기는 리더는 인재를 키우고 조직을 발전시키지만, 상황 판단이 어두우면서도 끊임없이 불필요한 일을 만드는 리더는 개인과 조직을 지치게 만든다는 것이다. 지도자 유형을 '관리자'와 '리더'로 구분하여 보자. '관리자'가 변화에 반응하는 사람이라면, '리더'는 변화를 만들어 내는 사람이다. 즉, '관리자'는 조직 내·외부의 변화를 나름대로 파악하고 그 변화에 급급한 사람인 반면, '리더'는 외부 환경의 변화를 감지하고 조직 내의 바람직한 변화를 이끌어 내는 사람이다. 이처럼 훌륭한 리더십은 기업이나 정부, 지자체, 그리고 수없이 많은 집단이나 조직의 성공에 필수 불가결한 요소이다.

리더십이란 타인이나 집단으로 하여금 일정한 목표를 향해 움직이도록 하는 영향력이다. 우리는 훌륭한 리더십이 조직의 성공을 위해 꼭 필요하다는 사실을 알고 있다. 리더십도 역사의 변천과 더불어 변화되어 왔다. 전통적 사회에서의 권위적 리더십은 정치ㆍ경제ㆍ사회ㆍ문화의 제도적 변화 속에서 민주적 리더십으로 바뀌어 가고 있다.

서양 사람들은 '규칙'에 따라 '주어진 대가' 만큼 일한다. 반면 우리는 '일할 맛'을 느끼고 '흥'이 나야 열심히 일한다. 한마디로 신바람이 나야 일을 열심히 '잘' 한다는 것이다. 인간에게는 원래 '내 일은 내가 결정하겠다' 또는 '내 운명은 내가 개척하겠다'라는 '자기통제'의 욕구가 내재해 있다. 남의 일이라면 눈 하나 깜짝하지 않다가도 자기 일이라면 물불을 가리지 않는 것이 우리의 속성이고 보면, 이러한 자기통제의 요구가 누구보다도 강한 것이 우리 민족성이다.

같은 일을 하더라도 재량권을 가지고 스스로 계획하고 작업방법을 선택할 때 일할 맛이 나는 법이다. 자기통제 욕구가 상대적으로 강한 우리나라 사람들에게 이러한 자율의 효과는 어느 다른 나라 사람보다 클 수 있다. 자율의 효과를 제대로 발휘하기 위해서는 리더는 하위자를 먼저 믿어주고 과감하게 일을 맡겨줄 필요가 있다. 즉, 하위자들을 개성을 지닌 자주적인 존재로 인정해 주고 그들에게 더 많은 권한과 책임을 부여해야 한다.

'권한 위임'이란 관리자가 구성원들을 믿고 일을 맡기는 동시에, 일의 진행 상황을 파악하면서 적절한 때에 필요한 도움을 주는 것이다. 자기 밑에 믿을 만한 인재가 없다고 모든 권한을 자기가 틀어잡고 있는 리더는 무능한 리더임에 틀림없다. 성공적인 리더는 평범한 사람을 인재로 키울 수 있어야 한다.

진정한 리더십을 발휘하려면, 리더는 구성원들에게 성과를 높일 수 있도록 도와주는 사람이라는 믿음을 심어주고, 구성원과 같이 일을 해나가면서 이를 증명해 보여야 한다. 리더십은 부여해 주거나 혼자 만들어 가는 것이 아니라, 구성원들의 인정을 통해 얻어지는 것이기 때문이다.

# 섬기는 리더

**리더십**을 제대로 발휘하기 위해
서는 무엇을 어떻게 해야 할까? 한때 사람들은 카리스마를 리더십
의 가장 중요한 덕목으로 꼽았다. 하지만 전통적 권위가 해체되면
서 이런 스타일은 힘을 잃기 시작했다. 그리고 그 대안의 하나로 '
섬기는 리더십'이 소개 되었다. 이제 리더는 더 이상 군림하는 사람
이 아닌 섬기는 사람이 돼야 한다는 것이다. 섬기는 리더란 다른 사
람이 성공할 수 있게 도와주는 능력이 있는 사람이다. 덕분에 섬기
는 리더의 주변사람들은 하나같이 성공을 한다. 섬기는 리더가 되
기 위한 조건은 다음과 같다.

첫째, 피라미드를 뒤집어야 한다. 섬기는 리더가 가장 먼저 할 일은 피라미드를 뒤집는 것이다. 그리고 자신은 피라미드의 맨 밑으로 내려가야 한다. 다른 사람을 올려 세우는 일에 초점을 맞추어야 하는 것이다. 섬기는 리더는 피라미드의 맨 밑에 있으면서 자신이 섬기는 사람들의 장점과 재능, 열정을 끌어내야 한다.

둘째, 까다롭게 채용해야 한다. 의인물용疑人勿用이요 용인물의用人勿疑라는 말이 있다. 즉, 의심나는 사람은 쓰지를 말고, 일단 채용된 사람에 대해서는 의심하지 말고 전폭적으로 믿어야 한다. 제대로 된 역량과 가치관을 갖고 있는 사람을 뽑기 위해 까다로운 절차를 만들고, 성취 기준을 끊임없이 높여가야 한다. 사람들은 타인의 기대에 맞게 행동하려고 노력하게 마련이다. 섬기는 리더의 역할은 끊임없이 기대치를 높이면서 사람들을 자극해 발전시키는 것이다. 최선의 섬김은 다른 사람을 자극해 올라가게 하는 것이다.

셋째, 길을 닦아주어야 한다. 자신의 가치를 지키기 위해서는 그것을 모두 나눠주어야 한다. 리더가 제거해야할 가장 큰 장애물은 다른 사람의 발전을 저해하는 것들이다. 섬기는 리더십의 원칙과 방법을 가르치고 성취를 가로막는 장애를 제거하여, 구성원들이 질주할 수 있는 길을 닦아줘야 한다. 이러한 행동은 본보기가 되고 각 지위의 리더들을 자극하여, 그로 인해 섬기는 리더의 영향력이 커진다.

넷째, 장점을 활용해야 한다. 단점을 해결하기 위해서는 자신의 장점을 주목해야 한다. 많은 사람이 장점보다는 단점에 초점을 맞추어 이를 개선하려고 애를 쓴다. 하지만 그보다는 장점에 초점을 맞추는 것이 훨씬 더 생산적이다. 공동체의 각 구성원이 자신의 최고의 재능을 마음껏 발휘할 수 있게 격려해야 한다. 자신의 장점을 발휘하면서 살아갈 때 사람들은 더 생산적이고, 더 행복해 한다.

다섯째, 위대한 목표를 향해 달려야 한다. 짐 콜린즈가 그의 책 'good to great'에서 강조한 'BHAG' 즉, 크고Big 위험하고Hairy 대담한Auducious 목표Goal와 같은 의미다. 섬기는 리더는 위대한 목표를 추구하는 사람이다. 하찮은 것이 아니라 정말로 중요한 것, 그것을 위해 살고 그것을 위해 죽을 수 있을 만큼 중요한 것을 위해 달려야 한다. 섬기는 리더는 목표를 다른 사람이 따르지 않을 수 없을 정도로 분명하게 설명하기 때문에 사람들은 기꺼이 그 목표를 향해 달려 나간다. 우리가 최고의 인생을 사는데 필요한 모든 것을 제공해 주는 것이 바로 위대한 목표다. 위대한 목표는 당신과 다른 사람의 삶을 변화시킬 수 있다. 그것이 섬기는 리더의 핵심이다.

# 리더십과 조직 문화

**바야흐로** 정치의 계절이다. 우리는 선거를 통해 그 시대에 적합한 리더십을 갖춘 지도자를 선출하여 왔고, 결국 헌정사나 조직에서 리더십이 탁월한 지도자가 역사에 기록되고 인정을 받아 왔다. 그럼 리더십이란 무엇일까? 리더십이란 타인이나 집단으로 하여금 일정한 목표를 향해 움직이도록 하는 영향력이다.

우리는 훌륭한 리더십이 조직의 성공을 위해 꼭 필요하다는 사실을 알고 있다. 리더십도 역사의 변천과 더불어 변화되어 왔다. 전통적 사회에서의 권위적 리더십은 정치 · 경제 · 사회 · 문화의 제도적 변화 속에서 민주적 리더십으로 바뀌어 가고 있다. 지금까지의 리더십에 관한 연구를 간단하게 정리해 보면, 훌륭한 리더가 되기 위해서 필요한 자질이 무엇인가에 초점을 둔 '리더특성이론', 훌륭한 리더는 어떻게 행동해야 하는가에 초점을 둔 '리더행동이론', 최근에는 이들 어느 것도 언제나 바람직한 것은 아니며, 처해있는 상황에 따라 그에 알맞은 '상황적합이론'으로 구분할 수 있다. 이 이론들은 '각 상황에 맞추어 리더로서 이러이러한 행동을 하라'는 시사점을 우리에게 제공해 주고 있다.

딱딱하고 권위적인 조직일수록 유연성이 부족하다. 정말로 강한 조직은 부드럽고 유연해 보인다. 권위적인 조직은 늘 규정을 부르짖고 관례대로 움직인다. 왜 그 일을 해야 하는지 근본적인 질문은 하지 않는다. 당연히 경쟁력이 없고 과거에 발목을 잡혀 미래를 생각하지 않는다. 노자에 유능제강柔能制剛이란 말이 나온다. 부드러움이 강한 것을 이긴다는 의미이다.

구성원들을 신바람 나게 하고 조직을 부드럽게 하기 위해서는 리더의 역할이 중요하다. '조직 문화'와 분위기를 만드는 것은 리더이기 때문이다. 리더의 가장 중요한 역할은 무엇일까? 리더가 조직에서 가장 똑똑한 사람일까? 리더가 모든 것을 다 알 수 있을까? 절대 그렇지 않다. 리더십은 다른 사람을 통해 자신의 목적을 달성하는 것이다. 리더가 가장 먼저 해야 할 일은 소속 집단과 조직에 대해 가치를 느끼게 해 주는 일이다. 그래야 공동체 일원으로 남아 있을 수 있고, 조직을 위해 헌신할 마음도 생긴다. 제대로 된 리더는 자신이 모든 것을 이끈다고 생각하지 않는다. 리더가 할 일은 구성원을 편안하게 해 주는 것이다. 무슨 말이든 기탄없이 할 수 있는 환경을 만들어 주기 위해 노력해야 한다.

딱딱한 땅에는 아무리 좋은 씨앗을 뿌려도 열매를 맺을 수 없다. 딱딱한 땅을 부드럽게 만들고 그 위에 씨앗을 뿌려야 꽃이 피고 성과를 낳을 수 있다. 사람도 마찬가지다. 딱딱하고 엄숙한 일인 독재의 분위기에서는 아무도 자신의 생각을 드러내지 않는다. 진실은 실종되고 외교만이 판을 친다. 솔직함은 없어지고 리더의 스타일에 맞는 입에 발린 소리만 늘어놓는다. 리더의 중요한 역할은 부드럽고 유연한 '조직 문화'를 만드는 것이다. 열정을 불어넣고 신명나게 일할 수 있도록 조직을 이끄는 것이다. 그러면 놀라운 변화가 일어날 것이다.

# 리더십은 커뮤니케이션이다

**많은** 조직에서 커뮤니케이션 문제를 운운하는데 사실은 리더가 마음을 잘못 먹고 있기 때문에 발생하는 경우가 대부분이다. 소통 문제를 해결하고 싶으면 스스로에게 이렇게 물어보면 된다.

'나는 직원들을 어떻게 생각하고 있는가? 나와 같이 할 파트너로 생각하는가, 아니면 일회용 반창고로 생각하는가?'

구성원 입장에서도 마찬가지다. '주는 만큼만 일하겠다'고 생각하면 그 마음이 상대방에게 전달된다. 커뮤니케이션을 잘하기 위해서는 먼저 스스로를 정의하고 난 다음에 관계를 정의해야 한다. 나는 누구인가, 내 가치관은 어떤 것인가, 저들과 나의 관계가 어떤 것인가, 이런 관계를 정의하면 자연스럽게 말과 행동과 태도가 거기에 맞게 튀어나온다. 커뮤니케이션은 말이 아닌 마음의 전달이다. 커뮤니케이션은 말을 많이 하는 것을 뜻하지 않는다. 대개 커뮤니케이션이 잘되고 있다고 생각하는 사람은 답답한 게 없는 사람들이다. 그런 사람은 커뮤니케이션에 뭐가 문제냐고 얘기한다. 그리고 그런 사람들은 대개 목소리가 크다.

그러나 답답해하는 사람들은 목소리가 작아서 답답하다는 소리조차 잘 못한다. 그래서 조용히 있다가 나가면서 욕 한번 하든가, 술자리에서 핏대를 올리지만 들어주는 사람은 그리 많지 않다. 리더가 어떻게 커뮤니케이션을 하느냐에 따라 조직문화가 달라지고 성과와 만족도도 달라진다. 커뮤니케이션 없이 리더십 발휘는 불가능하다. 아무리 좋은 아이디어와 철학이 있어도 커뮤니케이션이라는 통로가 막혀 있으면 아무 소용이 없다. 사람들은 좀처럼 진실을 이야기하려고 하지 않는다. 이것은 분명 어딘가에 문제가 있기 때문이다. 리더는 말할 분위기를 만들어 사람들이 터놓고 자유롭게 사실을 밝히고 의견을 교환할 수 있게 회의 분위기를 만들어야 한다.

일반적으로 직장에서 회의를 하다보면 일방적인 지시나 훈계가 난무하는 경우가 많다. 상급자 혼자서 얘기하면 곤란하다. 이런 의사 전달체계를 가지고는 좋은 아이디어가 나올 수 없고 질 높은 의사결정이 이루어질 리도 없다. 정보화시대에는 고객과의 접점에 있는 직원들이 고급 정보를 오히려 더 많이 갖게 된다. 이들의 정보와 지혜를 모으기 위해서는 쌍방향 커뮤니케이션과 공감이 필수적이며, 이를 위해서는 지시보다 질문, 말하기보다는 듣기가 필요하다. 말을 너무 많이 한다고 비난받는 일은 있어도 말을 너무 잘 듣는다고 비난할 사람은 없다.

커뮤니케이션은 말을 많이 하는 것과는 의미가 전혀 다르다. 말이 많다고 커뮤니케이션이 활발한 것은 아니다. 잘못된 이슈에 대해 말을 많이 하는 것은 조직을 소통불능의 상태로 만든다. 조직의 미래에 대해 같이 걱정하고 대책을 논의하는 것은 바람직하지만, 반대로 왜 이런 지경이 되었느냐, 네 잘못이냐 내 잘못이냐를 갖고 싸운다면 이것은 바람직한 커뮤니케이션이 아니다. 이보다는 어떤 어젠다에 대해 이야기를 하고 있는가가 중요하다. 리더는 어젠다를 찾아내고 구성원을 끌어들일 수 있어야 한다.

리더십은 커뮤니케이션이다. 혼자의 꿈은 단순한 꿈으로 그칠 수 있지만, 여러 사람이 동시에 꾸는 꿈은 현실이 된다. 성공적인 조직은 늘 비전에 대하여 이야기한다. 리더는 비전을 밝히고 구성원도 비전에 걸맞게 자기 생각을 표현하고 고민하며, 꿈을 이룬 후의 모습에 대해서도 함께 상상한다. 이것이 커뮤니케이션의 중요한 이유이다.

1. 리더와 리더십 사이

# 임파워먼트의 중요성

**최근** '4차 산업혁명시대, 변해야 산다'라는 매우 유익한 특강을 들을 기회가 있었다. 세상이 변하고 있으니 이에 걸맞게 조직문화를 '혁신'해야 하는데, '이 혁신은 CEO만이 할 수 있으며, CEO는 다른 일은 하지 말고 '혁신'만 해야 한다'는 내용이었다. 즉, 혁신은 최고경영자의 몫이라는 것이다.

"최고경영자의 조건은 혁신과정의 저항 세력을 극복할 수 있는 철학과 소신이 있어야 하고, 혁신의 전 과정을 설계할 수 있는 지식과 능력이 있어야 하며, 혁신에 필요한 리더십이 있어야 한다"는 내용도 있었다. 연사는 "혁신에 필요한 리더십의 조건으로 강력한 의지, 원활한 의사소통, 친절한 지도Coaching가 필수적"이라고 강조 했다.

리더십도 역사의 변천과 더불어 변화되어 왔다. 전통적 사회에서 권위적 리더십은 근대의 사회·문화적인 변화와 정치·경제·사회의 제도적 변화 속에서 민주적 리더십으로 바뀌어 가고 있다. 전통적 사회 환경에서 조직을 관리·유지·운영하기 위한 최선의 방법이라고 생각됐던 통제와 지시 본위인 권위적 리더십에서, 사회적 인식의 변화로 이기적이며 개인주의적 성향이 강한 시대를 맞이하여 민주적 리더십으로 변해야만 조직을 유지·관리 할 수 있는 시대에 우리가 살고 있는 것이다. 다음의 짧은 일화를 음미해 보자.

일본 긴자의 한 제과점에서 있었던 일이다. 장사를 마친 여종업원이 퇴근하려고 제과점 셔터를 내리고 있었다. 그 때 한 남자가 헐레벌떡 달려와 여기서 파는 만쥬를 사겠다고 한다. 종업원이 정중하게 오늘 영업이 끝났다고 말한다. 그러자 그 남자는 자기 어머니가 지금 위독하신데 돌아가시기 전에 마지막으로 이 가게 만쥬를 꼭 드시고 싶어 하시니 만쥬를 좀 팔아달라고 간곡하게 부탁한다. 잠깐 생각에 잠겼던 점원은 다시 가게 문을 열고 들어가 만쥬를 포장해서 그 남자에게 건네준다. 그리고 그 사람이 돈을 지불하려고 하자 우리 가게를 아껴주신 것에 깊이 감사드린다며 돈을 받지 않고 돌려보낸다. 그리고 여종업원은 자기 지갑에서 만쥬 값을 꺼내 금고에 넣고 퇴근한다. 여종업원은 왜 그런 행동을 했을까? 여러 가지로 생각해 볼 수 있으나 '주인 의식'을 생각해 볼 수 있겠다. 그렇다면 그런 주인 의식은 어디에서 나왔을까? 바로 자신이 판단한 것을 신속하고 확실하게 추진할 수 있는 '권한 위임'이 있었기 때문에 가능한 일이다.

'권한 위임'의 의미를 지니는 임파워먼트Empowerment는 구미 기업에서 약 30년 전부터 보편적으로 활용된 개념으로, 변화하는 환경에 능동적으로 대처하고 고객만족을 추구하고자 상대적으로 조직의 하위계층 사람들에게 의사결정 권한을 많이 위임하는 것이라고 할 수 있다. 우리나라 조직의 경우 '변화가 필요하다' 혹은 '변화해야 한다'를 부르짖는 상황은 이제 넘어섰다고 본다. 웬만한 조직의 구성원들은 '변화의 필요성'을 이미 다 느끼고 있다. 그런데 문제는 그들이 설령 변화의 필요성을 느끼고 있다고 해도 실제로 행동의 변화가 아직 잘 일어나지 못하고 있다는데 있다.

따라서 조직 전체 차원에서 경영자가 주도하던 그간의 공식적 '비전 제시'나 '변화 필요성 강조'의 단계를 넘어서서 구성원 자신에 의해 유도·촉발되는 실질적 변화가 절실히 요청되는 상황이다. '지도자'라는 분들은 조직 변혁의 핵심은 구성원 스스로 '주인의식'을 가

질 수 있어야 가능하다는 것을 인식해야 하며, 구성원들도 '이 직장
은 내 직장이다'라고 생각해야만 '윈 · 윈'이 된다고 생각한다.

# 벽 없는 조직

사일로 효과<sup>Organizational Silos Effect</sup>란

말이 있다. 조직 내의 장벽과 부서 이기주의를 의미하는 경영학 용

어다. 이는 곡식을 저장해두는 굴뚝 모양의 창고인 사일로<sup>silo</sup>처럼,

조직의 부서들이 서로 다른 부서와 담을 쌓고 내부 이익만을 추구

하는 현상을 빗댄 것이다. 조직 내에서 자기 부서의 실적과 이익에

만 몰두하다보면 서로간의 의사소통이 이루어 지지 않아 개별 부서

의 효율은 커지는데 회사 전체의 경쟁력을 잃어버리는 결과를 초래

하게 된다.

사일로 효과는 조직의 소통을 막고 효율성을 낮추는 조직 운영의 적으로 여겨지고 있어 기업 및 기관들은 사일로를 없애기 위해 노력하고 있다. 최근 들어 성과주의가 심화되면서 부서 간 지나친 경쟁 심리가 조직 이기주의라는 문화적 병리 현상을 유발하고 있어 사일로 현상을 더욱 고착화하는 경향이 있다.

브랜드 마케팅의 대가 데이비드 아커 교수는 글로벌 브랜드로 성장하기 위해 조직이 풀어야 할 과제로 '사일로'를 꼽았다. GM, HP, 도시바, 삼성 등 거의 모든 글로벌 기업들이 '사일로'를 보유하고 있다는 것이다. '사일로'가 강해질수록 브랜드의 정체성이 훼손되며 마케팅 효과도 떨어지고, 조직 내 자원분배도 비효율적으로 이뤄지며 조직 간 전략과 전술도 충돌하게 된다. 이럴수록 리더의 역할이 중요하다. '벽 없는 조직'을 강조했던 GE의 잭 웰치의 말처럼 리더는 커뮤니케이션이 원활하고 양방향 소통이 가능한 조직문화를 만들어야 하겠다. 리더가 어떻게 커뮤니케이션을 하느냐에 따라 조직문화가 달라지고 성과와 만족도도 달라진다.

일반적으로 직장에서 회의를 하다보면 일방적인 지시나 훈계가 난무하는 경우가 많다. 상급자 혼자서 얘기하면 곤란하다. 이른바 '원맨쇼'인데 이런 의사전달 체계를 가지고는 좋은 아이디어가 나올 수도 없고 질 높은 의사결정이 이루어질 리도 없다. 이렇게 커뮤니

1. 리더와 리더십 사이

케이션에 문제가 발생하는 이유 중 가장 큰 원인은 '자기중심성' 때문일 것이다. 사람들은 저마다 세상을 해석하고 이해하는 틀을 가지고 있다. 이 틀은 태어나면서 갖게 된 유전적 특성에 더하여 성장하면서 얻게 되는 경험과 지식을 통해 형성된다.

그런데 유전적 특성 및 경험과 지식이 동일한 사람은 없기 때문에 이 틀은 사람마다 모두 다르다. 때문에 같은 정보를 입력 받아도 사람마다 서로 다르게 이해하고 해석하게 되는 것이다. 이를 '프레임'이라고 한다. 드넓은 풍경 앞에서 어떤 구도로 사진을 찍느냐에 따라 풍경의 느낌이 다르게 보이듯, 사람들도 자기만의 프레임을 기준으로 사물이나 상황을 인지한다는 것이다. 이러한 인식의 차이가 커뮤니케이션 실패의 가장 큰 원인이라고 한다. 즉, 상대방이 자신과 생각의 틀이 다르다는 것을 인지하지 못하고 지나치게 자기 틀에 사로잡혀 있으면 커뮤니케이션에 실패한다.

사실 리더뿐만 아니라 많은 구성원들도 자기중심적으로 커뮤니케이션을 하는 경우가 있다. 그런데 조직의 커뮤니케이션 수준이나 분위기는 주로 리더가 형성한다. 리더부터 자신의 커뮤니케이션 형태를 되돌아보고, 자기중심적 커뮤니케이션에 빠지지 않도록 조심해야 한다. 리더는 먼저 '공통의 목표'를 명확히 하고 조직의 비전을 공유해 가는 조직 시스템을 만들어야 한다. '벽 없는 조직'을 만들

수 있는 리더야말로 급변하는 시대에 조직에 활력을 불어놓고 창조

성을 키우는 필요한 리더가 아닐까.

1. 리더와 리더십 사이

지금,
깨어있는

two

인문으로
덕을
구하다

따뜻한

마음

한

그릇

# 커뮤니케이션과 경청

**식당**에서 종업원에게 반말을 하는 사람들이 있다. 이런 사람들은 '내 덕분에 네가 먹고 산다'고 생각한다. 소위 힘 있는 '갑'의 생활을 오래한 사람들인데 이런 부류들은 눈빛, 걷는 모습, 말하는 투가 사뭇 권위적이다. 늘 자신에게 굽실거리는 '을'에 익숙해져 있기 때문이다. 그래서 말도 권위적으로 한다.

가르치는 입장에 있는 교수들도 비슷하다. 그들에게 모든 사람은 가르쳐야 할 대상이다. 그래서 누군가 자신에게 싫은 소리를 하는 것을 못 견뎌 한다. 사장과 직원의 관계도 그렇다. '내가 월급 주는 사람인데'라는 생각을 가진 사장은 말과 태도에도 그대로 생각이 묻어난다. 반대로 '직원들 덕분에 내가 이만큼 산다'라고 생각하는 사장은 직원들을 대하는 자세가 한결같고 남다르다.

많은 조직에서 커뮤니케이션 문제를 운운 하는데 사실은 리더가 마음을 잘못 먹고 있기 때문에 발생하는 경우가 대부분이다. 소통 문제를 해결하고 싶으면 스스로에게 이렇게 물어보면 된다. '나는 직원들을 어떻게 생각하고 있는가? 나와 같이 할 파트너로 생각하는가, 아니면 일회용 반창고로 생각하는가?'

직원 입장에서도 마찬가지다. '주는 만큼만 일 하겠다'고 생각하면 그 마음이 상대에게 전달된다. 커뮤니케이션을 잘하기 위해서는 먼저 스스로를 정의하고 다음에 관계를 정의해야 한다. 나는 누구인가, 내 가치관은 어떤 것인가, 저들과 나의 관계가 어떤 것인가, 이런 관계를 정의하면 자연스럽게 말과 행동과 태도가 거기에 맞게 튀어나온다. 커뮤니케이션은 말을 많이 하는 것을 뜻하지 않는다. 커뮤니케이션의 출발은 말하기가 아니라 경청이다. 다른 사람의 얘기를 잘 들어주는 것은 상대방을 존중하는 것이고 이는 모든 커뮤니케이션의 기본이라 할 수 있다.

들을 청聽자를 보자. 귀 이耳자 아래 임금 왕王변. 옆에는 눈목目과 그 아래 한 일一자와 마지막에는 마음 심心자가 있다. 즉, 귀를 왕처럼 크게 하고 눈을 보고 마음을 하나로 해서 열심히 들으라는 뜻이다. 세상에 경청의 중요성을 모르는 사람은 없다. 하지만 세상은 경청할 줄 모르는 사람들로 넘쳐난다. 그렇다면 경청은 어떻게 하는 것일까? 경청하려면 상대의 눈을 보아야 한다. 눈을 보지 않는 경청은 있을 수 없다. 그렇게 듣는 것은 듣는 것이 아니다. 경청은 공감하는 것이다. 마치 자신이 상대가 된 것처럼 역지사지 하는 것이다. 자기 반응을 보여주고 최대한 그 사람의 입장을 이해하려고 노력하는 것이다.

진정으로 많이 알고 성숙한 사람은 함부로 입을 열지 않는다. 경청은 그저 남의 말을 들어주는 행위가 아니다. 경청을 해야 커뮤니케이션 통로를 확보할 수 있다. 리더가 되려는 사람은 경청할 수 있어야 한다. 경청은 단순히 잘 듣는 기술적인 문제가 아니다. 경청은 겸손이다. 경청하는 사람은 "나는 당신에게 관심이 있습니다. 나는 아직 부족해서 사람들로부터 배워야 합니다. 그러니 한 말씀 해주십시오"라고 이야기하는 것과 같다. 그렇기 때문에 바른 마음을 가진 사람만이 잘 들을 수 있다. 경청은 인간이 가진 태도 중 가장 품위 있고 개방적이며 고귀한 것이다. 대중에게 다가가는 것은 그들에게 혀를 내미는 것이 아니라 귀를 내미는 것이다.

2. 인문으로 덕을 구하다

말이 너무 많다고 비난하는 일은 있어도 너무 잘 듣는다고 비난하는 사람은 없다. 이제 새봄이다. 가정에서, 직장에서, 학교에서 커뮤니케이션이 원활하게 이뤄졌으면 하는 바람이다.

# 말 한 마 디 의 힘

**말**은 그 사람의 역사이다. 생각의 역사, 정신의 역사, 인격의 역사다. 자기가 쏟아낸 말이 그대로 쌓여 복이 되기도 하고 화가 되기도 한다. 그렇기 때문에 입을 열기 전에 한 번 더 생각해보는 것이 매우 중요하다. 지금 이 말을 해도 되는지, 이 말로 인해 피해를 보는 사람은 없는지, 이 말을 들은 사람은 어떤 생각을 하게 될지. 생각나는 대로 뱉어내는 사람은 그 말로 인해 주변은 물론 자신도 피해를 입게 된다.

강남의 한 아파트에서 입주민의 모욕적인 말 때문에 분신자살을 기도했던 경비원이 결국 숨졌다는 뉴스를 들었다. 참으로 안타까운 일이다. 이처럼 말 한마디가 사람을 살리기도 하고 죽이기도 한다. 싸늘한 말 한 마디가 평온한 가정을 풍비박산 내버린 불행한 사례이다. 반대로 자살을 앞둔 사람이 말 한마디에 마음을 바꾸기도 한다. 명심보감에 이런 말이 있다. '사람을 이롭게 하는 말은 따뜻하기가 솜과 같고, 사람을 상하게 하는 말은 날카롭기가 가시와 같다. 일언 반구라도 무게가 천금과 같고, 입은 사람을 상하게 하는 도끼이며, 말은 혀를 베는 칼이다'며 말조심을 강조했다.

또 법정스님도 '말은 생각을 담는 그릇'이요 '말은 존재의 집'이라고 하면서 '그가 하는 말로써 그의 인품을 엿볼 수 있다'고 했다. 이처럼 현인들은 한결같이 말조심을 강조했다. 말은 생각이다. 그리고 자신도 모르는 사이에 그 생각이 말로 표현된다. 그렇기 때문에 평소에 자신의 언어습관을 돌아보고 잘 길들이는 것이 중요하다. 물론 필자도 말실수 경험이 많다. '그 때 그 말을 왜 했나' 혹은 '그 때 이 말을 왜 못 했나' 하고 나중에 후회한 적이 한 두 번이 아니다.

최근에 있었던 부부 동반 친구모임에서의 말실수 경험을 떠올리면 지금도 얼굴이 화끈거린다. 말이 씨가 된다는데 정말 그렇다. 사람은 누구나 자신이 뱉은 말을 심을 밭을 가지고 있다. 원망하고 불평하고 근심하는 씨앗을 뿌리면 그런 열매를 맺게 된다. 생각은 자신과 말하는 것이다. 말에는 남에게 소리를 내어 표현하는 말 자체

뿐 아니라 자신과 나누는 생각도 포함된다.

말은 곧 그 사람이다. 말은 그 사람의 인격뿐 아니라 모든 것을 나타낸다. 한자에 농가성진弄假成眞이란 말이 있다. 뜻 없이 한 말이 말한 대로 진짜로 이뤄진다는 뜻이다. 옛사람들은 말 속에는 정령이 살아 숨 쉰다고 믿었고 말을 함부로 해서는 안 된다고 했다. 항상 말을 조심하고 행동을 가려서 할 줄 아는 습관을 길러야 한다. 내가 무심히 하는 말과 행동 속에 내가 품은 생각이 다 드러나기 때문이다.

이해인 수녀님의 말에 대한 시 '말을 위한 기도'는 필자가 좋아하고 늘 위로받는 시다.

내가 이 세상에 태어나
수없이 뿌려 놓은 말의 씨들이
어디서 어떻게 열매를 맺었을까
조용히 헤아려 볼 때가 있습니다.
무심코 뿌린 말의 씨라도 그 어디선가
뿌리를 내렸을지 모른다고 생각하면
왠지 두렵습니다.
더러는 허공으로 사라지고

더러는 다른 이의 가슴 속에서

좋은 열매를 맺고

또는 언짢은 열매를 맺기도 했을

내 언어의 나무

주여, 내가 지닌 언어의 나무에도

멀고 가까운 이웃들이 주고 간

크고 작은 말의 열매들이

주렁주렁 달려 있습니다.

둥근 것, 모난 것, 밝은 것, 어두운 것,

향기로운 것, 반짝이는 것

그 주인의 얼굴은 잊었어도

말은 죽지 않고 살아서 나와 함께 머뭅니다.

살아 있는 동안 내가 할 말은

참 많은 것도 같고 적은 것도 같고

그러나 말이 없이는

단 하루도 살 수 없는 세상살이

매일매일 돌처럼 차고 단단한 결심을 해도

슬기로운 말의 주인 되기는 얼마나 어려운지

날마다 내가 말을 하고 살도록

허락하신 주여

하나의 말을 잘 탄생시키기 위해

먼저 잘 침묵하는 지혜를 깨우치게 하소서

헤프지 않으면서 풍부하고

과장하지 않으면서 품위 있는

한 마디의 말을 위해

때로는 진통 겪는 어둠의 순간을

이겨 내게 하소서

참으로 아름다운 언어의 집을 짓기 위해

언제나 기도하는 마음으로

도를 닦는 마음으로 말을 하게 하소서

언제나 진실하고 언제나 때에 맞고

언제나 책임 있는 말을 갈고 닦게 하소서

내가 이웃에게 말을 할 때는

하찮은 농담이라도

함부로 지껄이지 않게 도와주시어

좀 더 겸허하고

좀 더 인내롭고

좀 더 분별 있는

사랑의 말을 하게 하소서

내가 어려서부터 말로 저지른 모든 잘못

특히 사랑을 거스르는 비방과 오해의 말들을

경솔한 속단과 편견과 위선의 말들을

2. 인문으로 덕을 구하다

주여, 용서하소서.

나날이 새로운 마음

깨어 있는 마음

그리고 감사하는 마음으로

내 언어의 집을 짓게 하시어

해처럼 환히 빛나는 삶을

노래처럼 즐거운 삶을

당신의 은총 속에 이어 가게 하소서.

# 짧고 쉽게 말하라

**주변**에 쉬운 말을 어렵게, 장황하게 말하는 사람이 꼭 있다. 왜 그럴까. 자신도 잘 모르기 때문이다. 완벽하게 이해했다면 그렇게 길게 이야기할 필요성을 느끼지 못한다. 어려운 용어도 군데군데 쓴다. 그래야 사람들을 속일 수 있기 때문이다. 자신이 이해하지 못할 때는 거기에 비례해 말도 길어진다. 본인이 남에게 설명하지 못한다는 것은 진정으로 자신이 이해하지 못했기 때문이다.

"사람의 지혜가 깊으면 깊을수록 생각을 나타내는 말은 단순해진다." 톨스토이의 말이다. 스피치를 할 때 지켜야 하는 원칙으로

'KISS'라는 것이 있다. 'Keep It Short & Simple'을 말한다. 즉 연설은 짧아야 하고, 특히 어떤 어휘를 구사할 때 진부하거나 과장된 표현, 전문 용어, 어려운 말을 사용하지 않는다는 것이다. 평이하고 단순하되 청중을 울리는 감동적인 표현을 하는 것이 최고의 스피치다. 어떤 분야든, 이해가 깊으면 깊을수록 설명은 더 쉬워지는 법이다.

말하기에 앞서 상대방의 수준과 처해진 상황을 고려하는 배려와 전달하고자 하는 내용과 그 목적을 분명히 하는 자기정제의 단계가 분명 필요하다. 말을 짧고 쉽게 하기 위해서는 어떻게 해야 할까. 우선 관련 이슈에 대하여 확실히 알고 있어야 한다. 이슈와 관련된 정보를 수집하고 충분히 소화하여 어떤 질문이 나오더라도 대응할 수 있어야 한다.

다음으로, 모든 데이터를 다 이야기하는 것보다 상대가 가장 알고 싶어 하는 것이 무엇인지, 상대가 들어줄 시간이 충분한지, 어떤 내용을 어떤 순서로 설명하는 것이 좋은지도 생각해 보아야 한다. 마지막으로, 예상 질문을 생각해보아야 한다. 만일 당신이 상사라면 어떤 질문을 할지, 어떤 것이 궁금한지 생각해 보면 된다. 군대 시절의 짧지만 멋진 스피치 사례를 소개한다.

전체 장병이 한자리에 모여 사단 체육대회를 했던 날이다. 아시

다시피 군대에서의 체육대회는 치열하기가 이루 말할 수 없고, 죽기 살기로 싸운다. 해가 서쪽에 걸리면서 모든 경기가 끝나고 시상식이 있었다. 죽기 살기로 대회를 치른 장병들은 말 그대로 파김치 상태였다. 시상식을 지켜보는 장병들의 머릿속에는 '이제 모든 것이 끝났다'는 안도감과 함께 걱정거리가 생겼다. 소속 부대로 돌아갈 일이 남았기 때문이다. 그게 왜 걱정이냐고? 체육대회가 열린 장소에서 부대까지 먼 곳은 30리가 넘었다. 배고프고 지친 몸으로 보병부대답게 그 거리를 걸어 가야하니 얼마나 힘들었겠는가.

시상식의 마지막 순서는 사단장님의 훈시였다. 나도 그랬지만, 다른 장병들도 속으로 '아이고, 이제부터 또 주야장천 연설을 들어야 하는구나.'하고 장탄식을 했을 것이다. 전체 장병이 사단장에게 경례를 붙였고 사단장은 전체 장병을 둘러보며 멋지게 거수경례를 받았다. 그리고 입을 열었다.

"오늘 모두들 잘 싸웠습니다. 수고 많았습니다. 이상!"
"끝이야?"

그게 끝이었다. 격려사랄 것도 없었다. 10초도 안 되는 짧은 발언, 그러나 장병들의 감탄과 환호는 대단했다. 그 때 나는 그분이 왜 병사들의 존경과 인기를 얻고 있는지 알 수 있었다. 보통의 사단

　　　　　2. 인문으로 덕을 구하다

장이라면 '체력은 국력', '건전한 신체에 건전한 정신' 운운하며 말솜씨를 뽐내려 했을 것이다. 그러나 그분은 그렇게 하지 않았다. 배고프고 힘들고 지쳐있는 장병들의 마음을 꿰뚫고 있었기 때문이다.

# 칭찬합시다

'**피그말리온** 효과'란 말이 있다. 타인의 기대나 관심으로 인해 능률이 오르거나 결과가 좋아지는 현상을 말한다. 타인이 나를 존중하고 나에게 기대하는 것이 있으면 기대에 부응하는 쪽으로 변화하려고 노력해 결국 그렇게 된다는 것이다. 용어의 유래는 이렇다. 1964년 미국의 교육심리학자인 로젠탈은 한 초등학교에서 무작위로 선정한 20%의 학생들이 성적이 향상될 것이라고 각 담임선생님에게 통보해줬다.

8개월 후 실제 학생들의 성적이 향상됐으며, 이는 교사가 기대하는 경우 학생은 그에 상응하는 성장을 하게 된다는 주장을 뒷받침하는 증거가 됐다. 선생님이 자기 학생들을 능력 있는 학생으로 기대하게 되면, 그런 기대에 걸맞게 열심히 가르치고 격려하기 때문에 그 선생님의 지도를 받는 학생들의 능력은 더욱 신장된다는 것이다.

즉, 교사의 기대에 따라 학습자의 성적이 향상되는 것을 교육심리학 용어로 피그말리온 효과라 한다. 피그말리온은 신화에 나오는 인물로 자기가 만든 조각상에 반해 버린 조각가를 지칭한다. 피그말리온은 자신이 조각한 여성상을 진심으로 사랑하게 됐고, 이를 지켜본 미의 여신 아프로디테가 그의 소원을 들어줘 조각상을 인간으로 만들었다는 희랍신화에서 유래됐다.

피그말리온 효과와 반대되는 개념으로 '스티그마 효과'가 있다. 스티그마 효과는 사람들에게 무시당하고 부당한 대우를 당하면 당할수록 부정적으로 변하게 되는 효과를 말한다. 즉, 타인들에게 부정적으로 낙인이 찍히게 되면 스스로가 타인들이 생각하는 대로 나쁜 일탈 행동을 하게 되는 현상을 말한다.

우리는 살아가면서 남을 무시하거나 비난하기보다 칭찬과 격려를 아끼지 말아야한다. 사람을 움직이게 하는 방법으로 칭찬만큼 위력을 가진 것이 없다. 이런 인터뷰를 본 일이 있다. 세계적인 지휘자 정명훈에게 "어떻게 그렇게 훌륭한 지휘자가 됐느냐?"고 기자가 물었더니 "어머니의 끊임없는 칭찬 덕분"이라고 답한 기사를 본 일이 있다. 또한 "아이들은 칭찬으로 크는 나무", "아내는 칭찬을 들어야 살 수 있는 존재"라는 말도 있다. 어찌 아이들이나 아내뿐이랴. 남편이든, 자식이든, 형제자매든, 아니 부모마저도 자녀들로부터 칭찬의 말을 듣고 싶어 한다.

말 가운데 가장 힘든 말이 남을 인정해주는 칭찬이기 때문이다. 뿐만 아니라 칭찬은 듣는 사람에게 활력소와 보약이 되기 때문이다. 마크 트웨인은 "좋은 칭찬을 한번 들으면 두 달은 넉넉히 살아갈 수 있다"고 말한 적이 있다. 그래서 남녀노소 할 것 없이 칭찬 받기를 좋아한다. 당신 자신도 그러할 것이다. 상대방에 대한 칭찬은 돈도 시간도 많이 필요로 하지 않으면서 인간관계의 형성과 유지의 첫 밑거름이 된다.

영화 '이보다 더 좋을 순 없다'에서 여자 주인공이 "나를 칭찬하는 말을 해 달라"고 부탁했을 때 남자 주인공 잭 니콜슨이 "당신과의 만남이 나를 더 좋은 남자로 만들었다"고 하자, 여자 주인공은 "내 생애 최고의 칭찬"이라고 하면서 눈물을 흘린다. 그만큼 칭찬은 강한 무기임에 틀림없다. 칭찬은 고래도 춤추게 한다는 말도 있지 않은가.

오늘 저녁은 일찍 퇴근해 남편이 아내에게, 또는 아내가 남편에게, 부모가 자녀에게, 연로하신 부모님이 계시면 자녀가 부모님께, 상대방을 부르며, 한 가지씩 칭찬을 하면서, 한 번씩 안아주면 어떨까.

# 위
# 기
# 와
# 기
# 회

**대부분**의 경우 사람들은 자신의 약점은 감추고 싶어 하고 강점은 드러내고 싶어 한다. 그러나 생각해 보자. 약점은 무엇이고, 강점은 무엇일까? 객관적인 구분이 있을까? 없다. 옛날에 중국 북방 요새 근처에 한 노인이 살고 있었다. 어느 날, 이 노인이 기르던 말이 아무 까닭도 없이 오랑캐 땅으로 달아났다. 나쁜 일이 생긴 것이다. 마을 사람들이 이를 위로하자 노인은 전혀 아까워하는 기색이 없이 예사롭게 말했다.

"누가 알겠소. 이것이 복이 될는지."

몇 달이 지난 어느 날, 그 말이 오랑캐의 준마 한 마리를 데리고 돌아왔다. 좋은 일이 생긴 것이지요. 마을 사람들이 횡재했다고 축하해 주고 야단이 났다.

"누가 알겠소. 이것이 화근이 될는지."

노인은 조금도 기쁜 기색을 보이지 않았다. 그 후 어느 날 노인의 아들이 이 말을 타고 놀다가 떨어져서 다리가 부러졌다. 동네 사람들은 안타깝게 생각했다. 나쁜 일이 생긴 것이다. 얼마 후 전쟁이 일어났고 젊은 사람들은 모두 군대에 동원되어 나갔다. 그런데 이 아들은 다리를 다쳐서 전쟁에 나가지 않아도 되었다. 이 사건을 어떻게 해석해야 하나? 이 이야기에서 나온 고사성어가 그 유명한 새옹지마塞翁之馬이다.

그럼 생각해보자. 이 사건은 좋은 일인가, 나쁜 일인가. 좋기도 하고 나쁘기도 하다. 어떤 때는 좋은 일로 해석되고, 어떤 때는 나쁜 일로 해석되는 것이다. 무엇이든 좋은 일이 되기도 하고 나쁜 일이 될 수도 있는 것이다. 마찬가지로 모든 일은 약점이 되기도 하고, 강점이 될 수도 있다. 강점과 단점은 종이 한 장 차이다. 세상만사 모든 것에는 절대적인 단점도 없고 절대적인 강점도 없다. 그러면 어떻게 해야 할까. 단점을 강점으로 바꾸는 발상의 전환이 필요하다.

지금 제주도도 해군기지 문제, FTA 문제 등 현안 들이 산적해 있다. 2단계 제도 개선과제도 마찬가지다. 이와 관련 지원위원회의 확정결과에 대해서도 다양한 평가가 있는 걸로 알고 있다. 2단계 제도 개선의 주요내용은 언급하지 않겠다. 다만, 특별법 2단계 제도 개선을 국제자유도시 성공을 위한 기회로 활용하는 지혜가 필요하다. 단점을 강점으로, 위기를 기회로 바꾸는 발상의 전환이 요구 된다. 또한 목적과 목표를 분명히 구분 하여야 한다. 다음의 일화를 음미해 보자.

때는 6 · 25 동란 중 한겨울 이었다. 유엔군 사령부는 당시 부산으로 피난 온 건설회사 사장들을 불러 급히 부산에 있는 유엔군 묘지를 잔디로 단장해 줄 것을 요청했다. 모든 건설회사 사장들은 겨울에 푸른 잔디를 심는 것은 불가능하다고 답했다. 한 사람, 두 사람 차례로 공사 설명회장을 벗어나기 시작했다. 그러나 그곳에 마지막까지 남은 젊은 사장이 있었는데 그가 고 정주영 회장이다. 정 회장이 미군 장교에게 물었다.

"무슨 목적으로 겨울에 잔디를 심으려 합니까?"

미군 장교 잔디를 심으려 한 목적은 아이젠하워 대통령이 부산 유엔묘지 참배 시 대통령에 대한 예우를 갖추기 위한 것이라고 답했다. 제가 한번 해보겠다고 답한 정 회장은 묘지를 녹색으로 보이게 하기 위해 겨울철에도 죽지 않은 방금 파종한 보리를 심어주고, 공사대금으로 3배를 받았고 그 후 미군부대 공사를 계속 수주하여 사업이 일취월장 하였다고 한다.

우리의 목표는 국제자유도시이고 목적은 잘 살기 위함이다.

# 인간관계의 중요성

**꽤** 친했던 동창 K는 일류대 의대를 거쳐 일류병원에서 인턴, 레지던트를 마친 유능한 의사다. 재수도 해 보지 않고, 말 그대로 '순탄대로'였다. 처음 대학병원에서 과장을 하다 오래전에 개업을 해서 돈도 꽤 모았다. 그는 항상 바빴다. 고등학교 동창들 사이에서도 'K 만나기 힘들다', 'K가 많이 달라졌다'라는 소문이 돌기 시작했다.

언젠가 한번 오랜만에 전화를 했는데 K의 목소리는 차분하기 그지없었다. 매일 보는 사람의 전화를 받듯이 받았다. 반가움이 묻어나지 않고 아무 감정이 없는 '담담함' 그 자체였다. 나로 하여금 무슨 청탁전화라도 걸었던 것 같은 기분이 들게 했다. 그저 오랜만에 옛 생각이 나 전화를 걸었던 것인데 그의 그런 반응을 접하자 정나미가 떨어졌다. 대충 얼버무리고 전화를 끊었는데 그 후 다시는 그에게 전화를 걸지 않았고 앞으로도 전화하게 되지 않을 것 같다. 최근다른 동창으로부터 그가 가정불화 때문에 이혼수속 중이라는 얘기를 들었다. 그 친구에게는 '성공(?)은 실패의 어머니'가 된 셈이다.

반대의 경우도 있다. 그렇게 가깝게 지내지 않았던 동창에게 볼일이 있어서 전화를 하게 되었다. 그런데 이 친구가 아주 반가운 목소리로 '어떻게 지내고 있느냐?', '애들은 잘 크냐?', '언제 만나서 식사라도 같이 하자', '내가 도와 줄 일이 뭐 없느냐?'하며 매우 반겨준다. '나를 기억이나 할까? 걱정하며 전화를 했는데 쓸데없는 기우였구나 하며 괜히 기분이 좋아졌다.

'인간관계'란 사람과 사람이 서로 감정의 흐름이 있고, 휴머니즘을 토대로 상호 협력하고자 하는 의지가 있는 만남을 말한다. 반면에 '인간거래'란 감정의 흐름도 없고 상호 협력하고자 하는 의욕이나 휴머니즘도 없으며 단순히 어떤 목적 달성에만 초점을 둔 사람들의 만남이다. 이솝우화에 개미와 비둘기 이야기가 있다.

어느 날 마을에 홍수가 나서 개미가 강물에 휩쓸려 가게 된다.

이를 본 비둘기가 나무 위에서 나뭇잎을 하나 떨어뜨려 준다. 개미는 나뭇잎 때문에 목숨을 건지게 된다. 오랜 세월이 흘러 숲속에 평화가 돌아왔다. 그런데 사냥꾼이 나타나서 그때 그 비둘기를 향해 총을 겨누고 있다. 일촉즉발의 순간이다. 이 때 그 개미가 사냥꾼의 어딘가를 깨물어 비둘기가 목숨을 건진다는 내용이다. 아무 것도 도와주지 못할 정도로 '아무 것도 아닌' 사람은 없다. 반대로 누구의 도움도 필요하지 않을 정도로 완벽한 사람도 없다. 사람은 서로 도우며 살도록 되어 있다. '인간관계'가 중요한 까닭은 여기에 있다.

미국의 저명한 기업분석가 대니 밀러<sup>Danny Miller</sup>는 그의 저서 '이카로스 패러독스'에서 기업 성공과 실패의 이유를 '이카로스의 역설'로 표현했다. 그리스신화에 나오는 이카로스는 밀랍으로 붙인 날개로 하늘을 자유롭게 날아다닌다. 하늘을 날아다니다 점점 오만해져서 태양까지 가보고 싶어 한다. 그리하여 태양을 향해 도전하다가 태양 가까이 가니까 날개가 떨어져서, 결국 바다에 떨어져 죽고 만다. 즉, 새의 깃털을 초로 붙인 그의 날개는 태양에 도전한 그의 오만함과 방자함 때문에 목숨까지 앗아가 버린 것이다.

이 이야기는 자신의 가장 소중한 장점이 자신을 파멸로 이끄는 수단이 될 수도 있다는 역설이 숨어 있다. 필자는 이카로스 패러독스를 개인적 차원의 삶에 적용시켜 생각해 보았다.

# 듣기의 중요성

**얼핏** 말을 유창하게 잘하고 자기 주장을 잘하는 사람이 협상에 능할 것 같지만 오히려 듣기에 능한 사람이 협상에 더 유능하다고 한다. 다른 사람의 얘기를 잘 들어주는 것은 상대방을 존중하는 것이고 이는 모든 대화의 기본이라 할 수 있다.

이런 칼럼을 읽은 적이 있다. 릿슨Listen과 사일런트Silent의 알파벳 구성이 똑같은데, 그 이유는 조용한 가운데 자신의 목소리를 들을 수 있고 그것이 진정한 경청이라는 내용의 칼럼이었다. 대화의 원칙 중 3대1의 원칙이라는 것도 있다. 세 마디 듣고 한 마디 말하고,

3분 듣고 1분만 말하며, 세 가지 듣고 한 가지만 말하라는 것이다. 스피치의 출발점은 듣기이다. 잘 듣는 데서 잘 말할 수 있기 때문이다. 잘 듣기 위해서는 자기중심 사고, 방어적 성향, 이기주의 등을 버려야 한다.

듣기에는 크게 타인의 패러다임과 자신의 패러다임이 있으며 이 가운데 가장 좋은 것은 타인 패러다임의 적극적 경청이다. 인간관계에서 가장 바람직한 패러다임은 자기중심이 아니라 상대방 중심이다. 적극적 경청은 인간관계의 패러다임을 자기에서 타인으로 바꾸는 것을 말한다. 자기의 패러다임에서는 상대방에 대한 무시, 듣는 척하기, 선택적 듣기 등이 있다.

우리는 보통 남과 이야기할 때 겉으로는 그 이야기를 들으면서 속으로는 이 이야기가 끝난 다음에 나는 어떤 이야기를 할까를 생각하느라 남의 이야기를 잘 듣지 않는다. 성질이 급한 사람은 남의 이야기가 채 끝나기도 전에 남의 말을 가로막고 자기의 이야기를 계속하기도 한다. 또한 우리는 대화할 때 내가 듣고 싶은 것, 자기가 관심 있는 것만 선택적으로 골라 듣기 때문에 커뮤니케이션에 문제가 발생한다.

이에 반해 적극적 경청은 자신보다는 상대방의 입장에서 상대를 이해하려는 태도로 듣는 것을 말한다. 인간의 가장 큰 욕구는 육체적 생존 다음으로 다른 사람으로부터 이해받고, 인정받고, 존경받는 심리의 만족이다. 상대방을 공감적으로 경청하면 상대방은 심리적인 행복감을 얻는다. 우리의 삶은 커뮤니케이션의 연속이고 그것의 기본은 듣는 것이다. 내가 상대방의 말을 진심으로 경청할 때 상대방도 마음의 문을 열고 비로소 진정한 커뮤니케이션이 이루어진다.

5월은 가정의 달이고 어린이와 청소년과 부모님과 스승을 위한 행사가 마련되는 달이다. 거창한 물리적인 행사보다는 심리적인 안정을 위해 부모들은 자녀들의 이야기를 얼마나 적극적으로 경청해 왔는가를 조용히 점검해 보는 것은 어떨까 싶다. 자녀들의 이야기를 끝까지 들어 보지도 않고 부모들의 기준으로 비판하고 장황한 설교만을 해 오지 않았는가, 눈에 보이는 장점은 제쳐두고 눈에 보이지 않는 단점들을 들추어내면서 칭찬에는 인색하고 질책에는 앞장서지 않았는가, 다른 집 아이들과 비교하면서 자녀들의 자존심을 건드리고 아픈 상처를 주지는 않았는가, 자기의 어린 시절을 회고하면서 자기자랑만을 늘어놓는 치기는 부리지 않았는가 반성해 볼 일이다.

# 바람직한 인간관계

**두말** 할 것도 없이 삶의 궁극적이고 진정한 목적은 행복이다. 그럼에도 불구하고 현대인들은 너무나도 바쁜 나머지 정작 행복이 무엇인지, 그리고 어디에서 오는지에 관해서는 진지하게 생각할 짧은 시간도 스스로에게 할애하지 못하는 것 같다. 대부분의 행복은 인간관계에서 나온다. 성공학자인 시비 케라Shivi Khera는 성공의 85%가, 행복학자인 포웰J.Powell도 행복의 85%가 원만하고 바람직한 인간관계에 달렸다고 역설한다.

이처럼 인생에서의 성공 대부분이 원만한 인간관계의 결과이며, 인생의 행복은 원만한 인간관계의 형성과 유지에 있다고 할 수 있다. 다시 말하면 우리의 삶속에서 "바람직한 인간관계를 형성하여, 유지하는가 그렇지 못한가"가 인생의 성공과 행복을 좌우하는 것이다. 혼자서 인생을 살아가는 사람은 없으며 사람은 다른 사람과의 관계 속에서만 인생을 엮어 나갈 수 있기 때문이다.

'인간관계'는 시공을 초월한다. 우리가 미처 기억하지 못하는 역사의 저편에서도 사람들은 '인간관계'를 날줄과 씨줄로 삼아 삶을 엮어 왔으며, 우리와 다른 삶의 배경을 지닌 어느 나라에서도 사람들은 인간관계를 통해 그들의 성공과 행복을 엮어가고 있다. 꽤 오래 전 얘기지만 영국의 런던 정경대학LSE에서 국가별 행복지수를 조사한 적이 있다. 부유한 나라와 가난한 나라 모두 54개국의 국민들을 대상으로 주관적인 만족도를 평가했다.

그런데 그 결과가 놀라웠다. 행복지수 1위를 차지한 나라는 방글라데시였다. 방글라데시는 우리나라와 국민소득이 비교도 되지 않는다. 연중 홍수로 고난을 겪는 나라이며, 콩나물시루처럼 인구 밀도가 최고인 나라다. 굶주려 죽는 사람도 많고, 생활조건은 최악이다. 바로 이런 나라 국민들의 행복지수가 1위라는 것은 무엇을 말해주는 것일까.

전혀 모자랄 것이 없다고 생각되는 미국은 꼴찌에서 열 번째인

45위, 이웃 나라 일본은 44위, 세계에서 가장 아름다운 자연환경을 가지고 있는 스위스는 41위, 예술의 나라 프랑스는 37위였다. 대한민국은 선진국들을 제치고 23위를 차지했다. 행복은 경제 순이 아니다. 분명 우리나라도 옛날보다 살기 좋아졌다. 그렇다면 과거에 비해 우리는 행복한가. 생활수준이 높더라도 비교의식 속에 사는 사람은 불행하다.

'인간관계'란 사람과 사람이 서로 감정의 흐름이 있고, 휴머니즘을 토대로 상호 협력하고자 하는 의지가 있는 만남을 말한다. 반면에 '인간거래'란 감정의 흐름도 없고 상호 협력하고자 하는 의욕이나 휴머니즘도 없으며 단순히 어떤 목적 달성에만 초점을 둔 사람들의 만남이다.

아무 것도 도와주지 못할 정도로 '아무 것도 아닌' 사람은 없다. 반대로 누구의 도움도 필요하지 않을 정도로 완벽한 사람도 없다. 사람은 서로 도우며 살도록 되어 있다. '인간관계'가 중요한 까닭은 여기에 있다.

2. 인문으로 덕을 구하다

항상,
소통하는

t
h
r
e
e

크게,
넓게,
세심하게

따뜻한

마음

한

그릇

# 인적자원개발의 중요성

**21세기**는 글로벌 지식경영시대이다. 지식경영은 삶의 질을 향상시키는 새로운 변화를 요구하고 있다. 지식사회와 지식근로자의 대두, 개인가치 변화와 조직가치의 조화, 주관적 인간과 삶의 일터 보람, 전문적 기술과 혁신정보의 축적, 여성인력의 사회참여 증가, 신인재육성정책, 산업평화를 위한 신노사공동체 정립 등 세계화, 정보화에 대응하는 새로운 글로벌 인적자원관리 전략이 필요하다.

기술변화의 속도가 빨라짐에 따라 기술 자체보다 인적자원의 역량 및 학습능력이 더욱 중요해지고 있는 것이다. 즉, 조직의 핵심

3. 크게, 넓게, 세심하게

원천 경쟁력은 물적자원이 아니라, 지식의 생산 및 활용주체인 인적자원이며, 과거 양量 위주의 '인력manpower' 개념에서 질質 위주의 '인적자원human resource' 개념으로 변화하고 있다. 영국의 토니 블레어 총리도 "학습은 번영의 열쇠이며 인적자원은 21세기 지식기반의 글로벌 경제에서 성공의 기초"라고 하면서 인적자원의 중요성을 강조하고 있다. '한사람이 만 명을 먹여 살리는' 시대가 됨에 따라 우수인재의 가치가 급등하고 있고, 글로벌 차원에서의 인재확보 경쟁이 치열하게 전개되고 있다.

지식기반경제에서는 생산의 절대적 결정요소가 토지, 노동, 자본이 아닌 지식이다. 지식기반경제의 경쟁력은 결국 지식을 창출하고 축적 · 활용할 수 있는 능력을 지닌 우수한 인적자원개발에 달려 있다고 할 수 있다. "지식이 없는 개인과 국가는 이 지구상에서 사라질 것"이라는 피터 드러커의 경고는 다름 아닌 인적자원개발의 중요성을 시사하는 것이다. 인적자원개발은 "조직구성원의 직무수행 향상과 조직의 생존과 번영을 위해 학습 증진을 도모하는 총체적인 시도"라고 정의된다. 그러나 인적자원개발은 직장에서 요구하는 핵심역량과 기술만을 의미하는 것은 아니다.

교육인적자원부에서도 인적자원정책의 대상인 인적자원을 개개인의 물리적, 정서적 건강과 함께 사회규범 및 의식 등을 포함하는 폭넓은 개념으로 접근하고 있다. 즉, 경제적 성장을 위한 인력수급 뿐만 아니라 사회적 신뢰와 문화발전 등 사회적 자본<sup>social capital</sup>형성을 위한 정책으로 보고 있다. 이는 인적자본과 사회적 자본을 결합한 폭넓은 인적자원 개념으로 볼 수 있다. 이러한 현상은 인적자원개발이라는 개념이 초기의 개인이나 기업 등 개별 당사자의 문제로 인식되다가 최근에는 사회적 효율성이나 공정성의 문제와 결부되면서 개인차원의 인적자원개발을 넘어서서 국가나 지역사회가 인적자원개발에 일부분의 역할을 담당해야 함을, 담당하고 있음을 보여주는 추세의 반영이라고도 할 수 있다.

지역인적자원개발은 지역차원에서 혁신지향적인 경제활동과 병행하여 개인 및 조직학습을 통해 지역주민 개개인의 능력을 개발하여 지역노동시장으로 공급함으로써 지역을 발전시키고자하는 일종의 지역개발전략이며, 혁신의 근원으로 볼 수 있는 지식은 지역의 독특한 문화에 내재되어 있다. 진정한 인적자원개발은 인적자본과 사회적 자본이 결합될 때 시너지효과를 발휘할 수 있다.

그 터전은 바로 지역사회이다. 지역인적자원개발이 없이는 지역혁신과 국가균형발전은 요원하다. 이러한 인식하에 우선, 인적자원개발 정책 기조의 변화가 필요하다. 즉, 평준화를 지향하는 정책에서 경쟁력을 지향하는 정책으로, 공급자 중심에서 수요자 중

심으로, 국내중심에서 글로벌화를 지향하는 정책으로 전환해야 할
것이다.

# 건강한 조직 만들기

**당신**이 속한 조직은 건강한가? 사람에게 건강이 가장 중요한 요소이듯, 조직에 있어서도 건강은 아무리 강조해도 지나치지 않은 요소이다. 조직이 건강하다는 것은 무엇인가? 조직에 활력이 넘치고, 커뮤니케이션이 원활하며, 조직 구성원들이 한 방향으로 움직이는 것을 의미한다. 조직의 발전과 개인의 발전이 동시에 이루어진다면 이 또한 건강한 조직의 모습일 것이다. 많은 CEO들이 건강한 조직을 꿈꾼다. 조직구성원들도 자신의 조직이 건강하길 원한다. 그렇지만 현실은 반드시 뜻대로 움직이지 않는다. 그럼 건강한 조직을 만들기 위해서는 어떻게 해야 할까?

첫 번째는 가치관의 공유가 필요하다. 이는 건강한 조직을 만들기 위한 출발점이다. 이질적인 문화를 갖고 있으면 구심력이 약해지고, 추진력이 없어지게 마련이다. 국가대표 선발팀이 단일팀에게 지는 일이 종종 있는데, 이는 결코 실력이 부족해서가 아니라 구심력이 부족해서다. 조직 구성원 모두가 건강한 조직을 왜 만들어야 하는지에 대한 이해가 있어야 한다. 조직구성원이 가치관을 공유하고 있으면 매사에 엄청난 파괴력을 발휘한다.

두 번째는 구체적인 실천 과제를 도출하는 것이다. 전략과 실행이 괴리되는 것은 구체적인 방법론이 없기 때문이다. 조직 전체의 목표나 의지가 구체적으로 전개되지 않고 단지 그대로 전달만 되는 경우에 흔히 나타난다. 이때 중요한 것이 리더십의 역할이다. 리더십이 리더십으로 존재케 하는 것, 사람들로 하여금 리더십의 필요를 늘 느끼게 하는 것, '리더십이 없으면 아무 일도 안된다'고 생각하도록 하는 것, 그것이 리더십의 역할이다.

리더십을 가지면 많은 일을 해낼 수 있다. 흔히 양 리더와 사자 리더의 차이를 비유로 든다. 한 마리 양이 이끄는 99마리의 사자 떼와 한 마리 사자가 이끄는 99마리 양 떼 중 어느 그룹이 강하며 어느 그룹이 실제적으로 많은 일을 해낼까. 리더십을 연구하는 사람들의 대답은 당연히 사자 리더이다. 아무리 약하고 순한 양이라도 리더십이 출중한 리더만 잘 만나면 큰일을 해낼 수 있고, 아무리 강하고 힘센 사자라도 리더십이 없는 리더에 이끌리면 만사휴의라는 것이다.

세 번째는 건강한 조직을 만들기 위한 적절한 치료제를 선택하는 것이다. 환자가 어디가 아픈가에 따라 상이한 처방전을 제시하는 것과 마찬가지이다. 대표적인 치료제는 '워크아웃'제도이다. 수평적 장벽을 제거할 목적으로 GE에서 개발한 의사결정 또는 문제해결 워크숍의 일종이다. 워크아웃이란 말 그대로 필요 없는 일들을 업무 과정에서 제거하는 것이다.

워크아웃은 자신의 의견을 주저 없이 표현할 수 있는 분위기를 갖춘 GE 크로톤빌 연수원에서 처음 시작되었다. GE 직원들은 그들의 사업부에서 일하는 과정에서 겪게 되는 관료주의에 대한 자신들의 의견을 자유스럽고 거침없이 토론한다. 물론 이외에도 다양한 처방전이 있다. 상황에 따라 적합한 치료제를 선택하면 된다.

마지막으로 조직을 건강하게 만드는 각종 요소에 대한 필요성, 비전, 신념, 실천 4요소를 구비해야 한다. 변화의 필요성 인식이 결여되면 방관자적인 태도를 보인다. 변화에 대한 명확한 비전이 수립되지 않으면 혼란을 초래할 뿐이다. 또한 변화 가능성에 대한 신념이 부족하면 회의에 빠지게 마련이다.

이러한 요소를 이해하고 건강한 조직을 만들기 위해 CEO와 조직 구성원이 함께 노력한다면 건강한 조직 만들기는 그다지 어려운 일이 아닐 것이다.

# 평가의 중요성

**경영**이란 사람을 활용하여 자신의 비전을 달성하는 일이다. 그렇기 때문에 경영이란 결국 사람의 마음을 움직이는 활동이다. 경영의 핵심은 사람이다. 사람을 통해 이루려는 목표를 얼마나 충실하게 달성하느냐에 따라 경영의 성패가 달려 있다. 그 목표를 달성하기 위해 먼저 마련하여야 할 것이 평가기준이다. 평가시스템에 따라 조직의 생산성은 크게 달라진다. 평가기준이 모호하다는 것은 조직과 구성원 사이에 피드백이 이루어지지 않는다는 뜻이다. 하지만 완벽한 평가 기준이란 없다. 시대 변화나 조직의 필요에 따라 평가 기준은 항상 바뀔 수밖에 없기 때문이다.

프로축구의 예를 보자. 처음에는 골을 넣는 횟수로 선수들을 평가했다. 그러다 보니 골을 넣기에 유리한 위치에 있는 동료선수에게 패스하기보다 조금 무리를 해서라도 단독 드리블해서 골을 직접 넣으려는 선수가 많아졌다. 자연히 팀워크가 어긋나고 성적도 좋지 않았다. 그래서 생각해 낸 것이 어시스트 항목의 추가다. 평가기준을 보강하여 팀 성적을 올린 사례다. 단순한 통계만으로 평가기준을 세우는 것은 많은 오류가 따른다. 예를 들어 도서관을 평가할 때 장서 보유 현황을 평가기준으로 다음과 같은 지침을 세웠다고 하자. 100만권 이상의 장서를 보유한 곳을 A+, 90만권부터 100만권 사이는 A0……. 

이 경우 꼭 필요한 30만 원짜리 책을 신청한다면 책임자가 잘 받아들이지 않을 것이다. 30만 원짜리 책 한 권을 사느니, 만 원짜리 책 30권을 사는 게 평가에서 훨씬 유리한 점수를 받을 수 있기 때문이다. 책 숫자만으로 도서관을 평가할 때 반드시 이런 문제가 발생한다. 대학에서 교수평가 시, 저서 수나 논문 수로만 평가할 때도 이런 오류가 따른다. 위의 사례는 평가기준을 만들기가 얼마나 어려우며, 잘못 만들어진 기준이 조직을 얼마나 비뚤어진 방향으로 끌고 갈 수 있는지를 잘 보여준다.

이제 많은 조직에서 연봉제, 성과급제 등 여러 가지 새로운 평가 제도를 도입하고 있다. 인적 자원 관리가 사람 중심에서 성과 중심으로 바뀌어 가는 과정이라고도 할 수 있다. 예전처럼 근속 여부나 학력을 중심으로 한 연공서열주의가 아니라, 성과와 능력을 중심으로 평가와 보상이 이루어지고 있는 것이다. 하지만 성과 중심의 평가 기준을 도입하기에 앞서 공정한 평가시스템 구축이 선행되어야 한다.

그러기 위해서는 먼저 구성원의 능력을 객관적으로 분석하고 평가하는 기준부터 마련해야 할 것이다. 또한 구성원들이 스스로 성장하고 있다는 자부심과 투지를 갖고 기꺼이 도전할 수 있는 '조직문화'를 만드는 일도 중요하다. 조직에 속한 사람이라면 너나 할 것 없이 자신이 일한 만큼 공정하게 평가 받기를 원한다. 그러나 그 '공정성'을 확보하는 일이 결코 쉬운 일이 아니다.

시스템의 '합리성'과 '공정성'을 확보하는 것이 결코 쉽지 않기 때문이다. 지금부터라도 제대로 된 평가기준을 만들고, 공정하게 평가하고, 기꺼이 평가를 받겠다는 마음을 가져야 한다. 이제는 평가시스템 자체도 경쟁력이다. 다면평가제가 도입되어 조직에 속한 사람들은 누구나 평가를 받기도 하고 평가를 하기도 한다.

혹시 나는, 아직도 미운털이 박혔다고 낮은 고과를 주고 평소 개

인적으로 친하다고 높은 평가를 주는, 주먹구구식의 평가를 하고 있
지는 않은지 스스로 반성해 볼 일이다.

# 문화 산업의 중요성

**추석** 연휴에 '도둑들'이라는 영화를 봤다. 흔한 갱영화인 줄 알았는데 약간의 '코믹 액션'이다. 화려한 캐스팅으로 개봉 전부터 화제가 되었던 영화라 기대가 컸는데 역시 볼만하고 재미있었다.

전형적인 명절용 영화라고 할까. 약간 들뜬 분위기의 명절. 이럴 땐 영화도 떠들썩한 것이 제격이다. 명절에나 간신히 극장 갈 수 있는 사람에게 영상미가 어떠니, 시대정신이 어떠니 해 봐야 머리 아프다. 명절 영화에서 무게나 메시지를 찾으려는 사람이 있다면 바보다.

폼 나는 주인공, 복잡하지 않은 스토리, 뚜렷한 권선징악, 그리고 해피엔드 등을 가볍게 즐기면 그만이다. 두 시간 동안 아무 생각 없이 5번 정도는 배꼽 잡고 웃었다. 이 정도 영화면 '최소한'은 터진다. 아니 '대박' 예감이다. 영화의 홈페이지도 괜찮고 '마케팅'도 뛰어나다. 언젠가 들었던 특강에서 연사가 말한 내용이 생각났다. 대충 내용은 이렇다. 과거에는 '경제'가 '문화'를 먹여 살렸지만, 앞으로는 '문화가 경제를 먹여 살리는 시대가 닥친다'는 요지였던 것으로 기억한다.

한 때 '문화'는 곧 소비를 조장하는 것처럼 여겨졌다. 문화생활은 경제적 지출을 전제로 하는 일종의 고급스런 소비생활로 간주되고 '문화인'은 '고상한 백수' 정도로 인식되기까지 했다. 그래서 문화계 인사는 경제계 인사들이 먹여 살려야 하는 부담스러운 사람들로 치부되었으며, 경제가 발전하면 문화도 따라서 발전하는 '경제 우선주의'에 빠져 있었다. 그러나 이제 사정은 달라졌다. 경제에 종속적이던 문화가 이제 문화산업 없이는 경제 발전이 사실상 불가능하다고 할 정도이다. 문화 창조력이야말로 가장 큰 경제적 부가가치로 떠오르게 된 것이다.

21세기 황금시장은 문화산업이다. '문화가 밥 먹여 주는가' 하고 물었을 때 할 말이 없어서는 곤란하다. 왜냐하면 문화는 밥 먹여 주기 때문이다. 문화는 밥만 먹여 주는 것이 아니다. 우리의 삶을 자연스레 영위하게 해 주는 준거이자 생활 지침이다. 문화의 세기인 21세기의 화두는 지역문화와 문화산업으로부터 풀어나가야 한다. '정치인'이 아닌 '문화인'들이 주체가 되어 '문화 민주화'를 이루어내지 않으면 안 된다.

20세기가 '내 물건을 갖고자 하는' 시대였다면 우리가 현재 살고 있는 21세기는 삶을 더욱 충만하고 즐거운 것으로 만들어 줄 수 있는 서비스, 즉 '감성적인 것'을 구입하는 시대가 됐다. 제품에 감성적인 요소를 부여하는 것은 다름 아닌 특히 오락적 요소가 가미된 문화 콘텐츠다. 이와 같이 문화 콘텐츠는 경제의 다양한 부문에 침투해 모든 사업의 형태를 바꾸어 놓고 있으면 심지어 문화 산업과 여타 산업간 경계도 허물어뜨리고 있다. 이제 문화 콘텐츠는 여행, 쇼핑, 금융거래, 패스트푸드, 자동차, 레저에 이르기까지 광범위한 산업에 활용되어 성장의 견인차 역할을 하고 있다.

침체된 제주지역의 경제를 살리는 하나의 방법으로 부산시를 '벤치마킹'할 필요도 있겠다. 이제 부산은 국제적인 '영화의 도시'로 자리 잡았다. 항도 부산이 '국제영화제'를 계기로 '영화산업'의 붐을 이

　　　3. 크게, 넓게, 세심하게

뤘고 영화 '친구' 같은 '대박'이 나온 것은 결코 우연이 아니다. 대박 뒤에는 뭔가 특별한 것이 있다.

# 기업문화의 중요성

**개인**에게는 개성이 있고 사회에는 문화가 있는 것과 같이 기업체에도 각기의 독특한 성격, 즉 기업문화가 있다. 그리고 개인을 이해하려면 그 개인의 성격을 알아야 하고 사회를 이해하려면 그 사회의 문화를 알아야 하는 것과 마찬가지로 기업체에 대한 이해도 기업문화에 대한 분석을 통하여 증진될 수 있다. 그뿐만 아니라, 개인의 우수성은 그의 성격과 능력에 의하여 평가될 수 있고 사회의 선진성과 후진성도 이를 상징하는 문화적 특성에 의하여 평가되는 것과 마찬가지로 기업체의 우수성도 기업문화적 특성에 의하여 평가될 수 있다.

따라서 개인은 우수한 인간이 되기 위하여, 그리고 사회는 문화 발전을 위하여 노력하는 것과 같이 기업체도 우수한 성과를 달성하기 위하여 이에 관련된 특성을 개발할 필요가 있다. 기업문화는 바깥으로 잘 드러나지 않는 속성이 있으므로 일반인들은 기업에 대해 알고 있는 여러 가지 정보, 예를 들면 기업주의 경영이념이나 기업관, 생산하는 제품과 시장에서의 평가, 언론보도나 광고 등을 통해 갖게 된 이미지로 기업을 대한다. 가령 우리가 삼성에 대해 갖고 있는 이미지는 현대에 대해 느끼는 이미지와 다르며, LG나 SK에 대해서도 마찬가지다.

이미지는 매우 주관적인 것이라 실체와는 거리가 있지만 소비자들은 그것을 통해 기업을 판단할 수밖에 없다. 그런데 이미지는 대단한 위력을 지니고 있으므로 기업은 이미지를 좋게 하려는 노력을 게을리 하지 않는다. 1990년대 초 거세게 불었던 CI(기업 이미지 통합작업) 붐은 그런 맥락에서 비롯됐다. 그렇지만 그것도 소리만 요란했지 알맹이는 없었다. 그저 남 하는 대로 따라하다 보니 그런 결과가 빚어진 것이다.

기업이나 상품의 이미지는 측정할 길이 없다 보니 전통적인 경제학이나 경영학에선 고려대상이 되지 못했다. 그러나 현실적으로는 엄청난 영향력을 행사하고 있으니 무시할 수도 없는 노릇이다. 경제 분야에서 선도적 위치에 있는 나라는 모두 강력한 문화적 이미지를 갖고 있다. 문화적 이미지는 계량할 수도 없지만 단순한 용어로 쉽게 묘사할 수도 있다. 즉 독일은 고품질과 기술, 프랑스는 패션과 삶의 질, 일본은 정밀성과 섬세한 아름다움, 미국은 탁월한 품질과 서비스, 이탈리아는 우아한 세련미 같은 것이다.

예를 들면 한국의 소비자는 프랑스 제품이라는 이유 때문에 더 비싼 값을 지불하고서도 프랑스제 향수를 사려고 하고, 프랑스 소비자는 더 비싼 값을 지불해서라도 독일제 승용차를 사려 한다. 프랑스 소비자는 독일차가 프랑스차나 영국차보다 더 견고하다고 생각하기 때문이다. 그러므로 거기엔 문화적 부가가치가 묵시적으로 부과돼 있는 것이다. 그런데 불행하게도 한국 상품은 세계의 소비자들로부터 문화적 부가가치를 인정받지 못하고 있다.

기업문화를 바꾸는 일은 결코 쉬운 일은 아니다. 그렇다고 마냥 어렵기만 한 것도 아니다. 우리도 서로 벽을 허물고 진심으로 머리를 맞대면 못 할 일이 어디 있겠는가. 문제의식을 갖고 하나하나 해결하다 보면 창의력도 생기게 되고, 모든 일에 자신감도 갖게 되는 것이다.

# 기업윤리의 중요성

**오늘날** 기업윤리가 사회에 중요
한 이슈로 등장한 이유는 무엇일까? 세계시장에서 경쟁해야 하는
기업조직의 경영자들은 수없이 많은 윤리적 이슈와 문제들에 직면
해 있다. 이러한 윤리적 질문들과 과제들은 경영자들로 하여금 신
중한 분석과 판단을 요구하고 있으며 기업조직의 모든 구성원들에
게 윤리적 이슈들에 대한 새로운 인식을 요구하고 있다. 특히 한국
기업은 기업윤리적인 측면에 존재하는 여러 가지 문제점으로 인하
여 그 주요한 역할에도 불구하고 국민들의 비판의 대상이 되어왔다.

한국경제는 1960년대 이후 매우 빠른 속도로 성장해 왔다. 이러

한 한국경제의 급속한 성장의 이면에는 재벌이라는 특수한 형태의 대기업집단과 정부의 경제성장 우선주의에 따른 정책적 배려가 중요한 역할을 했음을 간과할 수 없다. 이렇게 경제가 고도로 성장하는 시기에 기업윤리란 경영자나 정부에 별다른 관심의 대상이 되지 못했다. 그러나 1980년대 중반에 접어들면서 기업의 사회적 책임에 대한 인식 전환과 더불어 기업이 오로지 자기 이익 추구만을 위해 존재한다는 이기적 관점에서 벗어나기 시작하였다.

기업경영자들도 조금씩이나마 이웃과 사회가 잘됨으로써 궁극적으로 자신의 이익에도 기여할 것이라는 교화된 형태의 이기적 관점을 수용하기 시작하였다. 1980년대 후반에 이르러 엘리트 중심의 권위주의가 무너지고 사회 각층에 불어 닥친 민주화의 바람이 기업경영활동을 비롯한 경제 전반에 영향을 미치기 시작했다. 기업윤리에 대한 국민의 인식과 요구 수준도 점점 거세지기 시작하였다.

특히 그동안 성장 위주의 기업경영의 후유증으로 나타나기 시작한 대기업의 소유권 집중, 정경유착, 생산 활동과 무관한 기업의 투기행위, 문어발식 사업 확장, 오너의 독단적 의사결정 등과 같은 문제들에 여론의 집중적 비난의 화살이 쏟아지기 시작했다. 사회의 기업에 대한 부정적 인식이 확대되었고 여기에 언론을 비롯한 사회단체 등의 기업경영에 대한 감시활동도 강화되기 시작했다. 하지만 최근까지도 끊이지 않는 각종 기업의 부실과 부정부패에 연루된 대형 사건은 여전히 우리 기업의 윤리의식에 문제가 있음을 여실히 보여주고 있다.

그 후 IMF 사태와 SK 분식회계, 대선자금 수사 파문 등을 통해 국내 기업들은 '윤리경영이 곧 기업의 경쟁력'일 뿐 아니라 비윤리적인 의사 결정이 기업을 도산의 구렁텅이에 몰아넣을 수도 있는 치명적인 위험요소라는 것을 절감하기 시작했다. 이는 곧 과거처럼 무조건 덩치만 키워 이익만 많이 내면 좋은 기업 대접을 받던 시대는 이미 지났음을 의미한다. 더구나 최근에는 기업의 사회적 책임에 대한 국민들의 기대심리가 높아지면서 법적으로 하자가 없는 경영활동조차 국민정서와 충돌하는 경우가 많다는 점에서 기업의 윤리경영은 아무리 강조해도 지나치지 않는 생존전략으로 받아들여지고 있다.

이제 기업윤리는 세계화로 인해 모든 기업들에 요구되는 사항이며 한국기업, 나아가 한국경제의 미래를 위한 필수적인 준비과제라 할 수 있다. 이제 우리 기업들은 세계화시대에 필요한 경쟁력의 원천은 기업의 윤리성이며, 이것이 경쟁력을 높이기 위한 첩경임을 인식하여야 한다. 21세기는 윤리경영의 시대이다. 지식기반사회에서 경쟁력의 원천은 기업윤리의 실천에 있다. 이것이 장기적인 기업 발전과 수익성 제고의 지름길이다.

창
의
적
인

지
역
기
획

       **'지역기획'**이란 주민과 지역사회 스스로의 노력으로 삶의 질과 공간의 질을 업그레이드해 자신의 지역을 풍요롭고 매력 있게 변화시키는 활동이다. 그럼 새로운 지역의 그림을 그리는 지역기획에 대해서 살펴보기로 하자.

    사전적 의미의 기획은 '일을 꾸미어 꾀함'으로 어떠한 사업을 위한 계획의 의미를 담고 있다. 즉, 지역기획은 지역에 대한 무엇을 형성하기 위해 시도되는 다양한 기획들이라 할 수 있다. 한편, 기획과 계획의 차이점은 '창의성<sup>creative</sup>'에 있다. 창의성의 핵심은 남과 다른 특별한 무엇, 즉 차별화에 있다. 지역을 새롭게 만드는 지역기획은 다음의 전략체계를 이용해 수립할 수 있을 것이다. 전략체계는 차별화된 지역을 만들기 위한 공간구성과 주체, 방법, 수단 등을 통해 지역의 차별화를 달성함으로써 주민과 방문객, 기업투자 증가를 위한 매력적인 도시를 위한 것이다.

지역기획에서 우선 선행돼야 할 것은 차별화된 지역을 만들기 위한 단위목표 설정이다. 예를 들면 '차별화된 산업 비즈니스 공간', '새로운 문화공간'이나 '색다른 삶의 질 유지공간' 같은 것이 될 수 있겠다. 이러한 단위목표들을 달성하기 위해 주체와 대상·방법·수단들에 대한 세부전략을 도출하고, 실행함으로써 지역기획의 최종목표인 주민 증가, 방문객 증가, 기업 및 투자가 증가되어 지역을 풍요롭고 매력 있게 변화시킬 것이다.

오늘날 '삶의 질'은 시대적인 키워드가 되었다. 개개인의 삶의 질은 개개인을 담는 공간의 질과 직결된다. 살기 좋은 지역사회로의 질적 전환은 공간의 질을 변화시키는 것이다. 도시와 농·어촌을 막론하고 개별 지역의 질적 전환을 도모하려면 지역의 삶의 질 여건이 획기적으로 바뀌어야 한다. 생활의 질이 탁월한 선진 외국도시들은 공통적으로 개성 있고 아름다운 매력을 끊임없이 뿜어내고 있다.

녹색도시로 유명한 독일 프라이부르크 사례를 보자. 프라이부르크는 독일의 대표적인 녹색 도시로써 지난 30여 년 동안 지속적으로 추진해온 환경우선적인 도시정책 및 태양에너지 확대와 도심 내 교통체계 정비 등을 통해 유럽의 '환경 수도'로 자리 잡았다. 프라이부르크가 환경보호운동의 산실임을 자처하는 데는 그럴만한 이유가 있다. 1970년대 초 프라이부르크 근교 뷜에서 일어난 핵발전소 건립반대투쟁은 녹색대안운동의 발생 신화가 되었다.

체르노빌 원전사고가 있던 해인 1986년에 시의회는 핵에너지 사용에서 탈피해 태양에너지를 새로운 주요 에너지원으로 하는데 합의했고, 같은 해에 이미 프라이부르크는 환경보호국을 둔 독일 최초의 시市가 됐다. 프라이부르크는 정책적인 면에서 뿐만 아니라 자연환경적인 측면에서도 독일에서 가장 푸른 녹색도시들 중의 하나로, 이는 도시를 매력적으로 만드는 중요한 요인 중의 하나이다.

여기에 지리적 위치, 온화하고 일조량이 많은 기후, 주민들의 여유로운 생활방식, 그리고 바덴지방의 음식문화와 와인바 등으로 유명해졌다. 특히 태양에너지 정보센터를 설립해 도시의 태양에너지 이용 현황을 시시각각 알 수 있도록 하고 있으며, 옛날 병영지역에 새로이 건설된 바봉 지역의 태양광 연립주택단지는 화석에너지 이용을 거부하고 태양광 및 바이오매스를 주 에너지 자원으로 사용하

고 있어, 환경 수도를 지향하는 제주특별자치도에 시사하는 바가

크다 하겠다.

# 고령친화산업을 성장동력으로

**우리나라**는 이미 2000년에 전 인구의 7% 이상이 65세 이상인 고령화 사회로 진입하였으며 세계에서 유례가 없이 빠른 속도로 고령화가 진행 중이다. 이러한 추세라면 2018년에 65세 인구가 14%를 초과하는 고령사회, 2026년에는 20%를 초과하는 초고령 사회에 진입할 것으로 전망된다. 이와 같은 급속한 고령화는 우리나라뿐만 아니라 전 세계적인 현상으로 노인을 새로운 수요층으로 하는 방대한 고령친화시장이 형성될 것으로 예상된다.

고령화 사회에서는 노인인구의 비중이 증가하면서 사회·경제적으로 고용, 문화, 산업 등이 새롭게 변화되고 고령자 관련 산업의 발달을 동반하게 된다. 그 이유는 건강, 의료, 복지서비스 부문에 대한 수요확대 및 노인 관련 레저산업이 다양화되고, 85세 이상의 초고령 인구증가로 요양의료서비스, 사회복지서비스 등에 대한 수요가 증가하게 되고, 고령자의 경제적 자립도가 높아짐에 따라 노인이 소비의 직접적 주체 세력으로 등장하기 때문이다.

정부에서는 이러한 사회적 환경변화에 따라 고령친화산업을 미래 성장동력산업으로 육성·지원할 수 있는 제도적 기틀을 마련하고자 지경부, 복지부 공동으로 2006년 12월「고령친화산업 진흥법」을 제정하고, 범 정부차원의 전담 조직을 신설·운영하여 고령친화산업육성 계획을 수립하는 등 다양한 노력을 기울이고 있다.

그러나 아직까지는 초기단계인 정부의 고령친화산업 육성·발전 정책은 고령친화산업의 범위, 분류체계, 산업규모 및 시장동향을 제시할 수 있는 전문적 통계데이터가 없는 상황이며 통계청 등 우리나라 산업통계를 제공하는 기관에서는 고령친화산업을 별도의 산업으로 분류하지 않고 있어 분류체계화가 시급하다. 특히 지역별로 고령친화산업에 대한 명확한 여건 분석이 전무하여 보다 효율적인 현황분석이 필요하다고 하겠다.

제주지역은 65세 이상 고령인구 비중이 이미 1996년에 7%를 넘어 고령화 사회로 진입하였으며, 향후 2015년, 2025년에 각각 고령사회와 초고령 사회로 진입할 것으로 전망된다. 제주도의 경우 고령친화산업 활성화를 위한 의식과 저변의 확대가 타 지역에 비해 상대적으로 부족하다. 제주도에서 고령친화산업의 활성화를 위해서는 먼저 이를 추진하기 위한 기구나 조직이 만들어져야 하겠다.

아울러 새로운 산업의 육성에 필요한 투자를 최소화하기 위해 고령친화산업과 관련된 제주도 전략산업을 선택해서 집중하고, 이를 근간으로 다른 산업과 융합하여 확산시키는 전략이 필요하다 하겠다. 제주도가 갖고 있는 세계자연유산, 불로초의 전설, 장수의 섬 이미지, 천혜의 청정 자연환경 및 관광 인프라를 적절히 활용하면 제주도의 고령친화산업은 발전가능성이 충분하다고 할 수 있다.

다만 제주의 환경과 산업 실정에 맞으면서 고객의 시선을 잡아끄는 특화된 '상품화 작업'이 선행되어야 한다. 이것이 우리의 당면한 과제다. 이는 개인이나 특정단체 · 기관이 할 수 있는 것이 아니다. 정책 당국과 산업계, 학계, 연구계 등 모두의 의지와 협력이 필요하다 하겠다.

일본의 오키나와가 '장수 일본 넘버 원' 기념탑을 세우고, '건강장

수'를 키워드로, '시콰사'라는 토종감귤과 돼지고기와 해조류를 장수식품으로 홍보하며 건강식품산업을 육성하는 것을 벤치마킹할 필요가 있다. 무한 경쟁시장에서, 그리고 이미 짜여진 경쟁의 틀 속에 성공적으로 진입하기 위해서는 우리의 시스템이나 프로세스, 전략, 상품 등을 차별화하는 노력이 필요하다.

3. 크게, 넓게, 세심하게

우리,
공감하는

f
o
u
r

강력하거나
위대하거나

따뜻한

마음

한

그릇

# 브랜드의 중요성

**우리** 소비자들은 알게 모르게 기업들 간 치열한 시장경쟁의 영향 속에 살아간다. 1997년 말 불어닥친 외환위기 사태를 경험한 국내 모든 기업들은 세계시장에서 국가경쟁력과 기업경쟁력이 갖는 중요성을 새삼 절감했다. 우리는 글로벌 시장의 한 구성원으로서 살아가고 있음을 어떻게 알 수 있을까? 이에 대한 대답은 의외로 간단하다. 우리 소비자들도 일상생활에서 국내외 유명 기업들과 접하고 있으며 이들이 판매하는 다양한 파워브랜드들을 소비하고 있음에 새삼 놀라게 된다.

코카콜라, 환타, 나이키, SONY 하면 무엇이 떠오르는가? 우리는 이들의 이름 속에 수많은 연상들이 담겨 있으며 이러한 연상들이 함축되어 하나의 독특한 인상 혹은 이미지로 다가옴을 느끼게 될 것이다. 브랜드는 끝없이 늘어나 무엇이든 담을 수 있는 고무풍선과 같다. 소비자가 기대하는 제품 성능, 품질, 사랑, 흥분, 판타지를 담은 브랜드는 아름다운 색상의 풍선이 되어 끝없이 하늘로 솟아오를 것이다. 유명 브랜드들은 소비자들의 변치 않는 사랑을 얻기 위해 지속적이면서 체계적인 마케팅 노력을 기울인다.

글로벌 기업인 선경<sup>SUNKYOUNG</sup>이 왜 SK로 바뀌었고 삼성전자의 지펠<sup>Zipfel</sup> 냉장고가 Zipel로 개명된 이유는 무엇일까? 세계화 시대에는 품질과 가격 못지않게 기업명과 브랜드명이 판매에 결정적인 영향을 미친다. 부정적인 이미지를 갖거나 의외의 의미를 지닌 기업명과 브랜드명 때문에 어려움을 겪는 기업들이 적지 않다. 언뜻 보기에는 그럴 듯하지만 이미지를 되새겨 보면 아주 저속한 뜻을 갖고 있거나 한글을 외국어로 표기할 경우 전혀 다른 의미를 가진 브랜드명 때문에 곤욕을 치르다가 결국 브랜드명을 변경하게 되는 사례가 많다.

예를 들어 'SUNKYOUNG'은 침몰하는 젊은이를 뜻하는 'Sunk young'으로 발음된다. 그래서 고민 끝에 SK로 바꿨다. 삼성전자는 독일어로 최고, 정상을 뜻하는 지펠Zipfel을 고급 냉장고, 세탁기 분야 글로벌 브랜드명으로 정했다. 그러나 Zipfel에 남성 성기라는

또 다른 뜻이 있다는 것을 안 삼성은 부랴부랴 'f'자를 뺐다. 대영자
전거는 다이 영<sup>Die Young</sup>으로 발음돼 젊어서 죽는다는 의미로 해석되
어 매출에 엄청난 손해를 입었다. 태평양화장품도 대표적인 브랜드
인 '아모레'가 이탈리아어로 거리의 여자(아모레미오)라는 것을 미
처 몰라 낭패를 보았다.

이처럼 브랜드는 최근 기업의 핵심적인 경쟁우위요소로서 급속도
로 그 중요성이 더해지고 있다. 그 동안 대부분 수출기업들은 외국
유명 브랜드들의 주문을 받아 하청 생산하는 OEM에 주로 의존함으
로써 자신의 고유 브랜드를 해외시장에 진출시키려는 노력을 기울
이지 않았다. 진출 초기의 기업 역량이나 경쟁 열위 상황을 고려할
때 이를 항상 나쁘다고만 할 수는 없다. 하지만 문제는 기업들이 그
상황에 안주해버렸다는 것이다.

다시 말하면 자기 고유의 브랜드를 키우려는 생각조차 하지 않는
경우가 많다는 것이다. 또한 국내 기업들은 단지 가격 인상의 수단
으로 새로운 브랜드를 도입하고 이를 위해 그동안 많은 마케팅 비
용을 투자해 왔던 기존 브랜드들을 서슴없이 버렸다. 브랜드 관리
란 단지 기업이 생산하는 제품이나 서비스에만 국한되는 개념이 아
니다.

학교나 정당, 병원, 공익기관, 지자체 역시 모두 이름, 심벌, 로고 등으로 구성된 자신들의 브랜드를 가지고 있으며 따라서 그 이미지를 구축하고 관리할 필요가 생기는 것이고, 기업의 최고경영자, 연예인, 정치인 등 개개의 사람들도 자신들의 브랜드(이름)를 가지고 있고 역시 이를 적극적으로 관리해 주어야 한다.

# 브랜드 자산의 중요성

**사람들**은 흔히 멋지고 개성 있는 이름을 갖고 싶어 한다. 기업도 마찬가지다. 쉽게 기억되면서 개성이 드러나는 브랜드, 이것은 한 회사가 판매하는 제품의 얼굴이나 다름없기 때문이다. 우리는 헤아릴 수 없는 상표들을 떠올릴 수 있다. 그러나 이 모든 상표들은 소비자에게 제각기 다른 이미지로 다가온다.

어떤 상표는 강력한 브랜드 이미지를 가지며 상품가치가 높은 것으로 인식되는 반면 어떤 상표는 그렇지 못하다. 대부분 소비자들은 아마도 콜라 하면 코카콜라를, 화장지 하면 크리넥스를 자연스럽게 떠올릴 것이다. 이들은 각 제품의 범주를 대표하는 시장 선도 브랜드들이다. 그렇다면 이들의 브랜드 파워는 어디서 나오는 것일까? 시장 선도 브랜드가 강력한 브랜드 파워를 갖는 것은 무엇보다도 소비자들에게 다양한 이미지를 떠올리게 하고, 강렬하면서도 호의적인 느낌을 불러일으키기 때문이다.

코카콜라는 오랜 세월 동안 소비자들과 함께 해오면서, 이제는 거의 일상생활의 한 부분으로 용해되다시피 하였다. 코카콜라를 보면, 친구들과 패스트푸드점에서 햄버거를 먹던 장면, 무더운 여름날 애인과 즐겼던 해수욕장에서의 한때, 섹시한 병 모양, 캔의 강렬한 빨간색 등이 떠오르며, 그것은 다시 아련한 추억과 즐거움으로 다가온다. 이처럼 소비지들은 코카콜라라는 제품 자체를 좋아한다기보다 그 브랜드가 주는 의미와 느낌을 사랑하는 것이다.

인간이 브랜드를 사용한 역사는 고대 이집트까지 거슬러 올라간다. 고대 이집트의 유적에서 발굴된 벽돌에 새겨진 상형문자를 해독한 결과 벽돌제조공의 이름임이 판명되었다. 또 16세기 초 위스키 제조업자들은 불에 달군 쇠로 위스키 상자에 생산자의 이름을 새김으로써 저질의 모방 제품들로부터 생산자와 소비자를 보호하기도 하였다.

브랜드를 사용한 역사는 꽤 오래되었지만 실제로 브랜드가 경쟁 우위 확보의 전략적 수단으로 인식된 것은 최근의 일이다. 따라서 브랜드 자산의 중요성 역시 우리나라는 물론이고 외국에서도 최근에야 주목받기 시작했다. 빠르면서도 거대한 변화는 우리 앞에 놓인 마케팅상의 현실이고, 그 속에서 성공한 기업들을 살펴보면 그 기업이 추구하는 방향을 일관되게 유지하고 있는 아이덴티티를 찾을 수 있다. 이러한 기업들이 일관성을 유지할 수 있는 원동력이 바로 브랜드이다.

오늘날 전 세계의 많은 기업들은 브랜드를 귀중한 자산으로 여기고 있으며, 이러한 브랜드 자산brand equity은 마케팅에서 중요한 이슈로 부각되고 있다. 왜 새삼스럽게 브랜드의 중요성을 인식하고, 저마다 브랜드 파워를 구축하기 위해 혈안이 되어 있는가? 간단하게 얘기해서 경쟁 제품들 간에 품질이 차이가 거의 없다는 것을 꼽을 수 있다.

이러한 상황에서 브랜드 이미지를 차별화함으로써 브랜드 파워를 구축하는 것만이 상호 파괴적인 가격경쟁을 피하고, 시장점유율을 높이며, 안정적인 수익성을 유지할 수 있는 유일한 기반임을 공감하기 때문이다. 일반적으로 소비자들은 브랜드 파워를 가진 시장 선도 상표들에 대해 높은 애호도를 보인다. 그러므로 브랜드 파워가 있는 상표는 가치 있는 무형자산을 확보하고 있는 것이나 다름없다.

제주산 농산물에 '한라라이<sup>Hallalai</sup>'라는 통합 브랜드가 사용된다는 뉴스를 접하며 '한라라이<sup>Hallalai</sup>'가 제주 농산물의 상징 브랜드로서 브랜드 파워를 키워 세계 유수의 브랜드로 성장하기를 기대해 본다.

# 모든 것을 결정한다 브랜드가

'**브랜드**'라는 말을 들으면 무엇이 떠오르는가. 어떤 사람은 삼성을 떠올릴 것이고, 어떤 사람은 구찌나 아르마니를 떠올릴 것이다. 오디오 마니아는 마란쯔를, 카 마니아는 링컨 콘티넨탈을, 음악 애호가들은 '도이치 그라모폰'을 생각해낸다. 이처럼 사람마다 연상하는 브랜드가 다 다르겠지만 한 가지 공통점이 있다. 그건 바로 '가슴이 뛴다'는 것이다.

오늘날 왜 브랜드가 중요해지고 있을까. 그 이유는 소비자들의 소비성향이 '기능성 소비'에서 '기호성 소비'로 바뀌었기 때문이다. 춥고 배고프던 시절, 사람들은 그저 배고플 때 밥 먹고, 술 고플 때

술 먹을 수 있으면 만족했다. 그렇지만 세상이 바뀌었다. 맥주를 마시더라도, 담배를 피더라도 자기가 늘 애용하던 브랜드를 찾는다.

브랜드파워가 없는 제품은 매장에 납품하기도 힘든 세상이 도래한 것이다. 어디 그뿐인가. 제품이나 서비스를 소비하던 사람들이 체험experience을 소비하려고 한다. 체험이란 어디 있는가. 머릿속에 있다. 이를 채워줄 수 있는 것은 브랜드뿐이다. 브랜드는 기업의 얼굴이다. 따라서 브랜드는 기업과 소비자의 관계에서 중요한 의미를 갖는다.

기업은 고객만족의 철저한 수행을 통해 자신들의 제품이나 서비스를 경쟁제품과 차별화하고, 이를 커뮤니케이션하기 위해 브랜드를 사용하고 소비자들은 브랜드에 대한 평가를 내리고 이를 구매결정의 중요한 수단으로 삼는다. 기업은 브랜드 이미지를 차별화하여 브랜드파워를 높여야 가격경쟁을 피하고, 시장점유율을 높이며, 안정적인 수익성을 유지할 수 있다.

그러면 어떤 제품을 강력한 브랜드라고 할 수 있는가? 소비자의 입장에서 보면, 특정 제품의 영역에서 강한 브랜드는 그 제품을 언급할 때 소비자의 기억 속에 가장 먼저 떠오르는 브랜드이다. 강한 브랜드는 그 브랜드와 관련된 많은 연상들(예를 들어 시각적 이미지와 단어 등)을 기억 속에서 쉽게 떠올린다.

가령, 폴로Polo 제품이 언급되면 폴로로고, 고급제품, 스포티하고 멋있는 색상과 디자인 등이 기억 속에서 자연스럽게 떠오른다. 한편 기업의 입장에서 볼 때 강한 브랜드란, 높은 시장점유율을 가진 제품일 것이다. 즉 강한 브랜드를 가진 기업은 시장에서 선도기업이 되어 높은 매출과 시장 점유율을 차지하는 경우가 흔하다. 따라서 지속적인 마케팅 노력에 의해 고객으로부터 제품의 우수성을 인정받은 브랜드는 치열한 경쟁 속에서도 시장선도 브랜드로서의 입지를 굳히게 된다.

우리나라 IT 대표 브랜드 DAUM글로벌미디어센터의 오픈 소식을 접하며, DAUM의 제주 연착륙 성공이 향후 기업 유치에 상당한 영향을 미칠 수 있는 만큼, 이들 기업들에 대한 지원을 강화해 제주도의 대표 브랜드기업으로 육성 발전 될 수 있기를 기대해 본다.

# CI와 브랜드 전략의 중요성

**최근** 지자체나 기업은 물론 각종 단체, 심지어는 학교까지 CI(이미지 통합 · Corporate Identity Program)작업을 통하여 새 심벌 · 로고를 공표하거나, 캐릭터를 만들어서 고객들에게 친근함을 조성하고, 나아가서 수익사업으로 확대하겠다고 홍보하고 있다. 미국에서 탄생한 이 CI라는 말의 개념은 처음에는 기업의 존재 의의를 기업 내외에 명시하려는 경영전략상의 단순과제였으나, 오늘날에는 더욱 승화된 새로운 개념으로 발전하고 있다.

즉, CI란 그 기업의 존속 · 성장과 관련 있는 모든 사람이 공통적으로 인식하는 그 기업만의 독자적인 가치와 개성인 것이다. 기업의 심벌·로고는 단순한 그래픽 이상의 의미를 갖는다. 따라서 조직의 역사와 CEO의 비전까지 모두 담아야 한다. 다시 말하면 CI는 기업의 관계자 집단에 기업이념과 기업 목적을 명확하게 인식시키기 위한 종합적인 커뮤니케이션 방법으로 기업의 이미지를 디자인하는 작업이다.

기업이념이란 회사 설립 목적이나 경영 목표를 달성하기 위한 행동지침 내지 지도원리라고 할 수 있다. 최근에는 기업 환경 변화에 따라 구성원의 의식구조가 경영전략과 유착되는 경향이 있으므로 CI 도입 시 사전 기업 진단을 통해 경영이념을 재구축하는 경우가 늘어가고 있다. 그리고 기업 이미지란 특정기업에 대해 일반 대중이나 소비자들이 느낀 감정 결과를 말한다.

이러한 느낌은 기업 이념, 성격, 특성 및 행동에 대한 누적된 결과로 제품이 평준화되어 차별되는 특성이 없을 때는 기업이미지가 소비자 구매행동에 결정적인 영향을 미친다. 요즈음은 상품의 품질 차이가 거의 없다. 당연히 소비자들은 디자인이 좋은 제품을 선택하게 된다. CI가 도입돼 우호적 기업 이미지가 형성되면 기업의 신뢰, 발전, 안전, 후생복지 등 긍정적 이미지가 사회로 파급되어 자금조달이 쉬워지고 구인효과도 얻을 수 있으며 또한 구성원들의 애

사심과 사기를 북돋워 업무능률 향상을 꾀할 수 있다. 그러면 CI 도입 시기는 언제가 적당할까?

첫째는 기업의 창립시기라고 할 수 있겠다. 둘째는 기업의 흡수 · 합병 등으로 커다란 변화를 갖는 시기가 해당되겠고, 셋째는 기업의 창립 10주년, 30주년, 50주년 등 역사적으로 전환점을 마련하기 위한 시기가 적당하다고 하겠다. 이밖에 수출 또는 다른 이유로 경쟁력을 국제화해야 할 경우, 또는 신사옥 이전 · 신상품 출하 · 경영진 교체 등 새로운 전기가 마련돼야 할 경우에도 CI 도입이 필요하다고 하겠다.

CI를 전개할 때 명심해야 할 사항이 있다. 개별 브랜드가 기업 전체의 디자인 시스템을 저해함이 없이, 그리고 코퍼리트 비주얼 아이덴티티가 브랜드를 지원하며 서로 상승효과를 낼 수 있는 시스템 조성이 필요하다는 것이다. 즉, 기업 전체의 비주얼 아이덴티티가 브랜드 이미지를 파괴하지 않고 서로 플러스해 줄 수 있는 시스템 조성이 성공의 열쇠다. 심벌 · 로고보다 더 중요한 것이 '브랜드'이다. 구글의 브랜드 자산가치가 우리 돈으로 250조원이 넘는다고 한다.

CEO들은 브랜드 자산가치가 기업이 보유한 자산의 상당부분을 차지한다는 것을 인식해야 한다. 즉, '브랜드'를 보는 시각을 상품

명, 심벌의 수준에서 기업의 상위 전략 개념으로 인식해야 한다는
것이다.

# 마케팅 인식의 법칙

**최근** 한라산의 맑은 공기를 상품화 하는 방안이 매스컴에 소개돼 화제다. 관계 당국에 따르면 한라산 천아오름의 청정 공기를 약 8배로 충전한 시제품을 300개 만들었으며, 제품을 대도시 소비자를 상대로 사용해 보게 하고, 소비자 반응조사를 실시한 후 반응 결과에 따라 캔 공기 제품 생산 규모 및 상품성을 평가하여 시제품을 보완, 완성품을 제조할 계획이다.

'제주의 청정 환경은 제주도를 타 지역과 차별화할 수 있는 엄청난 자산으로 캔 공기 제품은 제주의 청정 환경을 더욱 부각시켜 관광산업 등에 기여 할 수 있고 제주의 청정 환경 홍보와 더불어 도민들의 자긍심, 대기환경에 보다 큰 관심을 갖도록 할 수 있다'고 홍보하고 있다. 그리고 이 제품의 주 고객은 지하상가, 지하철역 등 탁한 지하생활공간이나 혼탁한 사무실 근무자들, 긴급 환자나 화재 진압 시 소방관이나 응급환자들이며 각종 스포츠 종사자들이 운동 후 피로 회복을 위해 사용하면 도움이 될 것이라고 한다.

과거에 봉이 김선달이 대동강 물을 팔아먹었다는 얘기가 있었는데, 이제는 지하수, 바닷물, 공기까지 파는 시대가 되었으니 변해도 많이 변했다. 물과 공기를 돈 주고 사서 먹게 될 줄은 어렸을 적에는 정말 생각하지 못했다. 말 그대로 '변화의 시대'를 우리가 살고 있음을 피부로 느낀다. 많은 지자체들이 수익사업을 벌이고 있는데, 물이 유한자원인 데 비하여, 공기는 현재까지는 무한자원이니 발상이 신선하다. 환경오염이 더 진행되면 공기도 유한자원이 될 지도 모르겠다.

마케팅 법칙에 '인식의 법칙'이라는 것이 있다. 마케팅은 제품이 아니라 인식의 싸움이라는 것이다. 많은 사람들이 마케팅은 제품 간 싸움이라고 생각하고 있다. 최고의 제품이 승리할 것이라고 생각한다는 것이다. 하지만 이것은 환상에 불과하다. 마케팅에서는 제품이 아니고 고객의 마음을 사로잡는 기술이 승부를 결정짓는다. 최고의 제품이라는 것은 없다. 마케팅 세계에서 존재하는 것은 소비자나

4. 강력하거나 위대하거나

잠재고객의 마음속에 남아 있는 인식이 전부이다.

여기에 좋은 실패사례가 있다. 콜라 중에서 뉴 코크New Coke가 가장 맛있다고 한다. 코카콜라 회사가 20만 번에 이르는 맛 테스트를 실시한 결과, 뉴 코크, 펩시콜라, 코카콜라 클래식 순으로 나타났다. 하지만 시장에서는 가장 맛이 떨어지는 코카콜라 클래식이 1위, 펩시콜라 2위, 뉴 코크가 3위로 나타났다. 이와 같은 실패 사례에서 얻을 수 있는 교훈은 마케팅은 사람들의 인식 속에 있는 것이지 품질이 아니며, 소비자의 반응조사와 실제 구매 사이에는 항상 차이가 있다는 것을 명심해야 할 것이다.

앞으로 제주산 캔 공기가 상품이 될지 안 될지는 두고 볼 일이다. 필자가 얘기하고 싶은 것은 매스컴 홍보도 좋고, 소비자 반응조사도 좋은데, 정말로 중요한 것은 '마케팅'이다.

# 패드와 트렌드

**순식간**에 폭넓은 인기를 누렸지만 그 수명이 매우 짧은 것을 '패드^fad'라고 한다. 마카레나춤, 식스시그마 운동, 안동찜닭 등이 있다. 반면 하나의 유행이 꾸준한 호응을 얻으며 장기간 지속 될 때 우리는 이것을 '트렌드^trend'라고 한다. 비데 사용하기, 카네비게이터, 먹는 샘물 등이 해당될 것이다. 패드는 일시적 유행이고 트렌드는 추세다. 양배추 인형이 패드라면 바비 인형은 트렌드다. 패드는 파도요 트렌드는 조류^tide이다.

문제는 패드와 트렌드를 자주 혼동한다는 데 있다. 이 두 가지를 구분할 수 있는 거시적인 시각을 갖춰야 함은 물론, 패드임에도 트

렌드로 착각하여 패드에 현혹되는 우를 범하지 말아야한다. 패드
와 트렌드의 구별은 기업의 생사를 결정한다. 오래 지속될 것 같다
는 이유로 새로운 사업에 모든 자원을 쏟아 부었다가 그것이 패드로
판명나면 기업은 망할 수밖에 없다. 오늘날 많은 기업이 시장 못지
않게 문화를 연구하는 것도 이 때문이다.

기업에 있어 새로운 트렌드를 형성할 신제품의 개발은 그야말로
대박이다. 전혀 존재하지 않았던 새로운 시장과 수요가 생겨나기 때
문이다. 이를 입증하는 예가 국내 가입자가 천만 명이 넘어선 스마
트폰의 출시다. 그러나 새로운 시장과 수요를 창출하는 데 반드시
새로운 발명품이 필요한 것은 아니다. 흔히 볼 수 있는 기존 제품이
라도 새로운 사용법을 제시한다면 얼마든지 시장을 창출할 수 있다.

선키스트의 오렌지 주스 사례를 보자. 오늘날 오렌지 주스는 전
혀 새로울 것이 없는 전 세계적인 음료다. 아주 오래전 원시시대부
터 마셔온 것이 아닌가 하는 생각이 들 정도이다. 하지만 사실은 그
렇지 않다. 미국의 오렌지 농업 등을 중심으로 한 협동조합이 1916
년 오렌지 소비를 늘리기 위해 새로운 브랜드로 '선키스트(태양의 키
스)'를 만들어 오렌지 주스 광고를 내보내면서 새로운 트렌드가 형성
됐고, 하나의 커다란 신시장이 창출된 것이다.

1848년, 캘리포니아는 이른바 '골드러시'와 함께 감귤류 산업으로 새로운 전성기를 맞게 된다. 당시에는 열악한 위생과 영양 상태로 인해 괴혈병이라는 질병이 돌아 고통을 받았는데, 그 원인이 비타민C 결핍 때문이라는 소문이 퍼지면서 비타민C가 풍부한 오렌지 가격이 오르고 감귤류 산업이 호황을 맞은 것이다. 그런데 생활환경이 개선되면서 오렌지 소비가 많이 줄었다. 그래서 고민 끝에 나온 것이 1916년에 나온 선키스트 오렌지 주스다.

당시만 해도 사람들은 오렌지는 껍질을 벗기고 먹는 단 한 가지 방법만으로 오렌지를 먹었다. 이러한 이유로 '오렌지를 마시자'라는 광고를 본 사람들은 아마 깜짝 놀랐을 것이다. 차츰 식탁에 오렌지 주스가 올라오는 것이 일반화 되면서, 즉 오렌지 주스가 새로운 트렌드가 되면서 오렌지 소비가 형성된 것이다.

우리가 마케팅 환경의 변화에서 관리하고자 하는 것은 패드가 아니라 트렌드이다. 주변의 작은 변화들이 모두 패드와 트렌드에 속한다. 트렌드를 읽는 기술은 기업의 마케팅 전문가만이 아니라 개인들에게도 의미가 있다. 어떤 학자는 트렌드란 "몰라도 되지만 모르면 몹시 불편한 것"으로 정의했다. 트렌드는 현재 사회가 나아가고 있는 큰 흐름이므로, 이 방향성에 대해 무지하다면 자신이 하고 있는 일의 앞날을 내다볼 수 없는 불안정성으로부터 벗어날 수 없다.

4. 강력하거나 위대하거나

당신은 패드를 좇고 있는가, 아니면 트렌드를 따라가고 있는가?
만일 패드를 좇고 있다면 얼른 트렌드를 따라 잡아라.

# 크고 위험하고 대담한 목표

**두바이**<sup>Dubai</sup>란 나라가 있다. 세계 3대 유종의 하나인 두바이유<sup>Dubai Oil</sup> 때문에 우리에게 조금은 귀에 익은 나라이다. 두바이는 아랍에미리트 내 7개 토호국 중 하나로 인구는 120만 명, 면적은 제주도의 두 배 정도 되는 작은 나라이다. 이 나라가 지금 천지개벽하고 있다. 두바이는 석유자원 고갈에 대비하여 80년대 중반 이후 자유무역지대 조성 등의 노력을 경주해 왔다. 지금은 무역항 중심의 중동지역 허브를 넘어서 산업 및 관광의 세계적 거점을 지향하고 있다.

두바이는 척박한 사막의 나라이다. 1년 강수량이 고작 130㎜로

한 해에 서너 번밖에 비 구경을 못한다. 중동에 있지만 정작 석유는 별로 나오지 않는다. 하루 생산량이 15만 배럴로 한국의 하루 소비량(230만 배럴)의 6%에 불과하다. 역사 유적지 하나 없고, 섭씨 50도를 오르내리는 고온 다습한 사막의 기후를 가진 두바이가 이런 악조건을 딛고 세계화의 상징이 될 수 있는 비결은 도대체 어디에 있는 것일까? 물론 오일달러의 힘을 부정할 수 없다. 그러나 더 중요한 것은 지도자의 비전과 추진력일 것이다.

두바이의 지도자인 셰이크 모하메드는 오일달러를 학교, 병원, 도로 등 인프라 건설에 쏟아 부었으며, 꼭 10년 전인 1996년 국민에게 석유고갈에 대비하자고 역설하면서 2011년까지 석유의 경제 비중을 0%로 낮추는 내용의 개발 계획을 발표했다. 이어 외국에서 영입한 전문가들을 중심으로 싱크탱크를 구성, 치밀한 실천 계획을 짰다.

그러고는 돈을 끌어들이는 일에 나섰다. '세계 최대, 세계 최고, 세계 최초'라는 구호로 세계 부자들의 호기심을 자극하면서, 두바이에 오면 마음껏 먹고 즐기고 장사할 수 있다고 홍보했다. 외국인들이 싫어할 규제를 과감히 걷어내 소득세, 법인세마저 없앴고, 알카에다 자금까지도 안전하게 굴려준다는 국제금융센터를 열었다.

세계 최고층 빌딩인 '브르지 두바이', 골프 황제 타이거 우즈가 옥상헬기 착륙장에서 드라이브 샷을 날리는 이벤트로 유명해진 세계 유일의 7성 호텔인 '브르지 알 아랍', 공상소설 같은 수심 20m의 해저호텔 '하이드로폴리스', 실내 스키장, 풀 한포기 없는 사막에 세워진 골프장(골프장은 유지비에 비해 수익이 턱없이 모자라지만 장기적으로 기업인들을 유입시키는 수단으로 인식), 게다가 미국 올랜도 디즈니랜드의 1.5배인 테마공원 '두바이랜드', 특이한 모양의 대형 인공군도 프로젝트…….

지금도 그들의 아이디어는 끝이 없다. 더구나 이슬람 사회에서는 금기시하는 술과 돼지고기까지 허용하는 변신 앞에는 입이 다물어지지 않는다. 오늘날 두바이의 성공배경에 깔린 자기 혁신의 사고와 끝없는 도전정신, 미래를 내다보는 투자는 우리에게 시사하는 바가 크다. 두바이의 성공요인은 확고한 비전과 장기적인 전략을 보유한 리더십, 세계에 어필하는 아이템 발굴로 매력적인 도시이미지를 창출하는 친기업적 환경, 상상력에 기반을 둔 개발사업과 이벤트기획 등에 기인한 것이다. 그리고 자유무역지대, 공항, 항만 등을 집중 육성하여 허브경쟁에서 우위를 확보하였고, 최적의 기업환경 조성을 통해 국내외 기업을 유치하였기에 성공할 수 있었던 것이다.

1억 명이다. 경영학 용어 중에 BHAG란 말이 있다. 크고Big 위험하고<sup>Hairy</sup> 대담한<sup>Auducious</sup> 목표<sup>Goal</sup>란 뜻이다. 짐 콜린즈의 'good to great'

에 나오는 말이다. 크고 위험하고 대담한 목표, 지금 우리가 세워

야 할 때다.

4. 강력하거나 위대하거나

같이,
어울리는

f
i
v
e

# 제주,
## 가까이
## 더 가까이

따뜻한

마음

한

그릇

# 제주도의 차별화 전략

**통계**에 의하면 제주도의 산업구조는 서비스업 81%, 농림어업 16%, 제조업 3%로 1차산업과 3차산업에 편중되어 있다. 그동안 관광산업 육성 등에 힘입어 제주도의 산업구조는 1차산업 위주에서 서비스업을 중심으로 한 3차산업 위주로 변화해 왔는데, 앞으로 국제자유도시와 제주특별자치도의 추진으로 산업구조 변화는 관광관련 서비스업을 중심으로 가속화 될 것으로 전망된다. 제주도의 미래 산업구조는 경쟁력 있는 분야를 축으로 계획을 추진하야 할 것이다.

제주도특별자치도 기본계획에 따르면 제주지역 특성에 적합한 핵심 산업으로 관광, 1차산업, 교육, 의료산업과 이에 기반을 둔 첨단산업을 육성(4+1 핵심산업 육성)하겠다고 하는데, 필자의 생각은 간단명료하게 1+1(관광생명산업+첨단산업)로 가는 것이 차별화 되지 않을까 생각된다. 미래를 예단하긴 어렵지만 제주특별자치도와 제주국제자유도시 추진이 본격화 될 때 기대되는 산업구조는 현재의 산업구조와 추세의 연장선상에 있을 것으로 생각된다.

즉 1차 및 3차산업 구성에 큰 변화가 없을 것으로 보인다. 시장개방이 돌이킬 수 없는 추세이기 때문에 1차산업이 지속적으로 중요도를 유지하기 위해서는 상당한 노력이 필요할 것이다. 따라서 중장기적으로는 3차산업의 비중이 더 늘어날 가능성이 높다. 그러므로 1차산업과 관련하여 경쟁력 있는 분야를 선정하여 집중 육성할 필요가 있다. '제주도'하면 떠오르는 상품을 개발하고 브랜드가치를 높이기 위해 감귤, 돼지고기 같은 농산물을 브랜드화 하여야한다.

이제는 브랜드를 지배하는 자가 세상을 지배한다고 한다. 꼭 한번 방문하고 싶은 지역, 먹고 싶은 농산물이라는 이미지를 만들기 위해 적극적으로 브랜드 전략을 활용하여야 한다. 제주도도 '세계 속의 제주' 이미지를 만들기 위해 CI작업을 하였지만 지속성이 부족한 것 같다. 제주도 산하 연구기관에 브랜드 전담조직을 만들어 지속적으로 제주도 브랜드를 관리하는 것도 하나의 방법일 것이다.

미래는 삶의 질과 관련된 산업의 비중이 높아질 것이다. 청정과 관광, 신비의 섬이라는 제주의 이미지는 '웰빙'이라는 단어와 잘 조화된다. 제주에 주어진 청정 환경과 고객들이 가지고 있는 '제주 이미지'를 적절하게 활용함에 따라 제주지역의 발전가능성은 무궁무진하다. 그러나 치밀하고 계획적인 준비, 선택과 집중, 시장의 평가를 최우선하는 인식의 변화가 선행되지 않으면 아무리 조건이 좋아도 성공할 수 없다.

제주가 가진 역사성을 관광에 이용하는 것도 좋을 듯하다. 소위 문화를 파는 컬덕(cult-duct : culture 또는 cult+product)이다. 문화융합상품으로 고객의 감성과 마음을 사로잡아야 한다. 예를 들어 진시황이 '불로초'를 구하기 위해 제주에 사신을 보냈다는 사실을 관광에 활용하는 것이다. 사신과 관련된 일행의 입도행사와 같은 이벤트를 만들고, 기념일도 제정하여 중국을 상대로 홍보를 강화하면 하나의 상품이 될 수 있을 것이다. 건강에 효과가 있는 제주도 특정 약용식물을 '제주불로초'로 네이밍 한 후 불로초식품도 만들고, 불로초 비빔밥도 만들어 팔아야 한다.

마케팅에서 중요한 것은 새로운 '개념'을 만드는 것이다. 고정관념을 깨고 새로운 눈으로 시장을 보자.

# 제주도의 블루오션전략

**경영전략**에 블루오션 전략이란
게 있다. 레드오션이란 오늘날 존재하는 이미 알려진 시장공간을
말한다. 말 그대로 핏빛의 무한경쟁 시장이다. 반면 블루오션은 새
로운 '시장의 창조'이다. 경쟁이 무의미한 비경쟁시장을 창출함으로
써 유혈경쟁의 레드오션을 깨고 나올 수 있다. 블루오션전략의 핵
심은 기존의 경쟁시장에서 승리하기 위하여 피를 흘리는 경쟁을 중
단하고, 새로운 넓은 시장을 개척하여 경쟁 없이 승리하자는 메시
지다. 그렇다면 누구나 선망하는 비경쟁시장 공간인 블루오션을 어
떻게 열고 장악할 것인가? 우리 제주도의 블루오션은 어디이며, 그
전략은 어떻게 세워야 하겠는가?

제주도는 1시간 거리 공간이다. 전체를 큰 그림으로 디자인해서 골고루 발전시킬 수 있는 마스터플랜이 중요하다. 피 튀기는 경쟁 공간인 레드오션에 머물 것인가 아니면 새로운 시장을 창조 할 것인가. 기왕 단일광역자치안이 선택되었으니 우리 행정조직에서 제거해야 할 부분과 감소시켜야 할 부분, 증가시켜야 할 부분과 새롭게 창출해야 할 부분이 무엇인지 곰곰이 생각해보자. 고정관념을 깨고 새로운 관점에서 살펴볼 필요가 있다.

역사학자 토인비는 "역사를 이끌어온 사람들은 소수의 창조자"라고 했다. 소수의 창조자들은 기존의 산업을 재해석하고 개척하여 새로운 가치를 창조한다. 제주도도 '새로운 개념'을 만들거나 찾아야 한다. 스타벅스의 하워드 슐츠 회장은 커피를 단순한 소비재가 아니라 마시는 분위기와 문화공간을 팔아 새로운 시장을 창조해 냈다. 스타벅스는 제품이 아니라 커피를 통한 특별한 서비스 체험, 사람간의 이야기 공간을 제공하여 고객과의 관계를 만들어 감으로써, 20년 만에 세계 최고의 종합 커피브랜드로 성장 할 수 있었다.

다음은 연극 '난타'의 성공사례이다. 세계 공연계의 심장부인 브로드웨이 극장의 무대 위에는 도마 네 개, 양배추, 오이 같은 채소들이 쌓여있다. 등장한 배우들이 오븐냄비와 프라이팬, 쓰레기통을 신명나게 두드리기 시작한다. 가슴속의 응어리까지 시원하게 풀어주는 신나는 두들김이다. 객석을 꽉 메운 관객들은 공연이 끝나자 환호와 기립박수를 보냈다. 뉴욕타임스 등 언론매체들은 '기분 좋은 떨림을 주는 작품'이라며 최고의 평가를 내렸다. 송승환은 '연극은 이래야 한다'는 고정관념을 난타한 것이다. 예술에 머물러 있던 공연을 산업차원으로 재해석한 PMC 송승환 대표. 단순한 한편의 연극을 넘어 세계를 난타한 문화 CEO다.

자, 이제 제주도만의 블루오션을 찾는 세 가지 방법을 요약할 차례다. 첫째, 집중할 만한 영역을 찾아 그 역량을 탁월하게 만들어라. 둘째, 제주도가 지금까지 오랫동안 해왔던 행정 방식을 새롭게 검토하여 남들하고 다른 독특한 서비스를 제공하라. 마지막으로 우리가 모르는 고객이 엄청나게 많다는 사실을 기억하고 숨겨진 고객 시장을 창출하라. 고정관념을 부수면 새로운 시장이 펼쳐진다. 다른 국가나 지자체에서 한 번도 하지 않은 것을 새롭게 창조하는 것이 중요하다.

# 블루오션과 차별화전략

**우리나라**의 행정구조가 만들어진 후 60년 만에 제주도는 지금 이를 완전히 바꾸는 대변혁을 추진하고 있다. 변화와 혁신의 과정에서 일부의 반발도 이어지고 있으나, 이는 앞으로 제주도가 더 발전적으로 나아가기 위한 진통이라 생각한다. 지금 제주도민들은 새로운 위상의 제주도의 모습과 비전에 기대가 크다.

고정관념을 깨고 새로운 관점에서 살펴볼 필요가 있다. 경영전략에 또 차별화 전략이란 것도 있다. '차별화'란 말을 있는 그대로 놓고 보면 '남과 다른 것'을 의미한다. 그러나 전략적 측면에서 보면 '

다르다'는 것은 단순히 다르다는 의미만 포함하고 있지는 않다. 호박에 줄을 그어놔도 수박이 되지 않는 것처럼 겉모양만 다르게 바꾼다고 차별화 전략이 완성되지는 않기 때문이다.

차별화 전략이란 '다르면서도 공감대가 형성되는 가치 있는 것(Unique+Value)'이어야 한다. 다시 말해 다르기만 해서는 안 되며 반드시 공감대가 형성되어야 한다는 것이다. 차별화의 법칙 중 가장 중요하고 기본적인 법칙이 '선택과 집중의 법칙'이다.

고정관념에 대한 새로운 해석은 놀라운 결과를 만들어낸다. 이것이 존재의 이유를 밝히는 비결이다. 또한 마케팅의 핵심이다. 이것을 통하지 않고는 핵심을 건드릴 수 없다. 우리가 맞닥뜨리고 있는 과제가 왜 존재해야 하는지를 생각해보자. 우리가 처한 문제를 해결하기 위해서는 그 과제에 대한 고정관념을 살펴보아야 한다. 그리고 그 고정관념을 전혀 새로운 관점에서 해석해야 한다. 이것이 핵심 중의 핵심이다.

# 웰빙을 제주도의 대표 브랜드로

　　　　**'제품**이 우수하면 시장에서 성공한다', '품질로 승부하라.' 언뜻 들으면 당연한 말 같지만 이처럼 난센스도 없다.

　다음의 예를 보도록 하자. 코카콜라와 펩시콜라, 박카스와 원비디, 동원참치와 사조참치, 영창피아노와 삼익피아노⋯⋯. 품질에는 별 차이가 없는 제품들이다. 그렇지만 시장점유율의 차이는 엄청나다. 이처럼 제품의 품질과 시장에서의 성공은 별개의 문제이다. 왜 그럴까? 기업이 파는 것은 제품이지만 소비자가 구입하는 것은 '브랜드'이기 때문이다. 물론 품질이 좋으면 브랜드가치가 올라갈 확률이 높다. 그렇지만 모든 키다리가 뚱뚱보가 아닌 것처럼, 모든 품질 좋은 제품이 잘 팔릴 수 있는 것은 아니다.

이제 세상이 바뀌었다. 맥주를 마시더라도, 담배를 피더라도 자기가 늘 애용하던 브랜드를 찾는다. 브랜드파워가 없는 제품은 매장에 납품하기도 힘든 세상이 도래한 것이다. 어디 그뿐인가. 제품이나 서비스를 소비하던 사람들이 체험experience을 소비하려고 한다. 체험이란 어디 있는가. 머릿속에 있다. 이를 채워줄 수 있는 것은 브랜드뿐이다.

브랜드는 기업의 얼굴이다. 따라서 브랜드는 기업과 소비자의 관계에서 중요한 의미를 갖는다. 기업은 고객만족의 철저한 수행을 통해 자신들의 제품이나 서비스를 경쟁제품과 차별화하고, 이를 커뮤니케이션하기 위해 브랜드를 사용하고 소비자들은 브랜드에 대한 평가를 내리고 이를 구매결정의 중요한 수단으로 삼는다. 브랜드는 모든 조직의 핵심적인 경쟁우위 요소로서 급속도로 중요성이 더해지고 있다.

그러면 어떤 제품을 강력한 브랜드라고 할 수 있는가? 소비자의 입장에서 보면, 특정 제품의 영역에서 강한 브랜드는 그 제품을 언급할 때 소비자의 기억 속에 가장 먼저 떠오르는 브랜드이다. 강한 브랜드는 그 브랜드와 관련된 많은 연상들(예를 들어 시각적 이미지와 단어 등)을 기억 속에서 쉽게 떠올린다. 가령, 폴로$^{Polo}$ 제품이 언급되면 폴로로고, 고급제품, 스포티하고 멋있는 색상과 디자인 등이 기억 속에서 자연스럽게 떠오른다.

맥도날드는 '편리'라는 이미지에 초점을 두고 자사의 모든 홍보 전략을 수립하고, 볼보자동차는 약 40년 동안 '안전'을 판매해 왔다. 모두 강력한 브랜드자산을 보유한 기업들이다. 정교하게 짜여진 계획의 결과이든 아니든 간에, 커다란 성공을 거둔 브랜드의 대부분은 잠재고객의 기억 속에 '이미지'를 심은 회사들이다.

그러면 제주도는 어떠한 브랜드 전략으로 소비자에게 다가가야 할까. 필자의 생각으로 제주도는 이미 웰빙 브랜드로 수백억불의 브랜드자산 가치를 보유하고 있다고 보아진다. 즉, 제주도는 웰빙에 관한 한 세계 최고의 잠재적 자원을 보유하고 있다.

한라산, 청정바다, 맑은 공기, 맑은 물, 청정 환경에서 생산되는 농산물, 수산물, 향토음식, 독특한 문화 등 웰빙 상품의 소재가 다양하다. 따라서 이처럼 풍부한 웰빙자원을 활용하여 '제주도'하면 '웰빙'의 이미지가 떠오르는 차별화된 브랜드 전략을 수립해야 할 것이다.

# 제주영화제 有感

        **최근** 제주 일원에서 열린 제주영화제에 다녀왔다. 이틀 동안 이십여 편의 작품을 보았다. 출품작 대부분이 주옥같은 작품들이었다. 참으로 행복하고 힐링이 되는 시간이었다. 특히 관객심사위원상을 수상한 '짐작보다 따뜻하게'라는 영화는 가슴이 먹먹할 정도로 감동적이었다. 더욱 반가웠던 것은 영화의 절반 이상이 제주에서 촬영되어, 올레길을 비롯한 멋진 제주자연이 소개되고, 제주출신 배우들도 등장한 것이다.

        이 영화는 한 가족에게 예기치 않게 들이 닥친 비극과 상처의 치유과정을 담담하게 보여준다. 그리고 감독의 기획의도에서 밝혔듯이 '위로는 한마디 말이 아니라, 따뜻하게 곁에 있어주는 것'이란 메시지를 전한다. "쉽게 건네는 위로는 허공으로 사라질 뿐이다. 짐작보다 따뜻하게란 제목 역시 우리의 짐작보다 훨씬 아픈 이에게, 한없이 따뜻하게 바라봐 주고 곁에 있어주라"고 조언 한다.

이 영화를 보면서 필자도 많은 생각을 했다. 평소 사람과의 관계에서 상처받아 아파하고 있는 이에게 건성으로 위로하지 않았는지 반성하며, 앞으로는 내 짐작보다 훨씬 더 상처받았을 수 있는 이들에게 훨씬 더 따듯하게 위로해 주어야겠다고 다짐했다. 한 가지 아쉬운 점은 이렇게 좋은 영화를 보는 관객이 그리 많지 않았다는 것이다.

필자의 바람은, 빨리 제주도에 예술영화전용극장이 만들어져서, 도민들이나 관광객들이 제주 로케이션 영화를 관람하고 해당 촬영지를 둘러보며, 스크린 속 감동을 만끽하는 형태의 문화관광 상품이 나왔으면 하는 것이다. 과거에는 '경제'가 '문화'를 먹여 살렸지만, 이미 현재는 문화가 경제를 먹여 살리는 시대이며, 향후에는 이러한 현상이 더욱 공고해질 것이다.

문화의 세기인 21세기의 화두는 지역문화와 문화산업으로부터 풀어나가야 한다. '정치인'이 아닌 '문화인'들이 주체가 되어 '문화 민주화'를 이루어내지 않으면 안 된다. 20세기가 '내 물건을 갖고자 하는' 시대였다면, 21세기는 삶을 더욱 충만하고 즐거운 것으로 만들어 줄 수 있는 서비스, 즉 '감성적인 것'을 구입하는 시대가 됐다. 제품에 감성적인 요소를 부여하는 것은 다름 아닌 특히 오락적 요소가 가미된 문화 콘텐츠이다. 문화 콘텐츠는 경제의 다양한 부문에 침투해 모든 사업의 형태를 바꾸어 놓고 있으며 나아가 문화산업과 여타 산업 간 경계도 허물어뜨리고 있다.

이제 문화 콘텐츠는 여행, 쇼핑, 금융거래, 패스트푸드, 자동차, 레저에 이르기까지 광범위한 산업에 활용되어 성장의 견인차 역할을 하고 있다. 이번 제주영화제를 계기로 제주에 예술영화전용극장이 만들어지길 다시 한 번 기대해본다. 제주도정의 목표가 '자연 · 문화 · 사람의 가치를 키우는 제주'가 아닌가.

# 지역경제 활성화

## 웰빙산업으로

**최근** 경제 여건이 심상치 않다. 실제 체감경기는 IMF 못지않다는 소리도 들린다. 정부가 발표하는 각종 경제지수와 우리가 느끼는 지수사이에 심한 괴리가 나타난다. IMF 때도 그렇지 않았었느냐며 불안해하기도 한다. 이러한 시기에 조직에서 해야 할 일은 비용 삭감도 한 방법일 것이고, 인력감축도 한 방법일 것이다. 그렇지만 어떠한 경영전략을 수립할 것인가의 관점에서 본다면 새로운 답을 찾을 수도 있다.

1980년대 경영전략계를 풍미했던 마이클 포터는 하버드 비즈니스 리뷰에 '전략이란 무엇인가'라는 글을 기고하면서 시종일관 '전략의 요체는 차별화'라고 주장한다. 경쟁업체와 차별화시켜 자기만의 독특함을 확보해야만 성공할 수 있다는 뜻이다. 일본의 아오모리 현은 사과의 산지로 유명한 곳이다. 그런데 어느 해엔가 태풍이 불어서 사과가 익기도 전에 많이 떨어져서 가을까지 나무에 붙어 있는 사과는 손으로 꼽을 정도였다. 이때 당신이 과수원 주인이라면 어떻게 하겠는가?

수요와 공급의 원칙에 따라 공급이 줄었으니 가격이 오를 것이라고 생각할 것이다. 물론 맞는 말이다. 그렇지만 이 정도로는 한 개에 천 원 하는 사과를 오천 원 이상 받지는 못할 것이다. 그런데 이 사과를 십만 원에 팔아서 성공한 사람이 있다. 과연 어떻게 했을까? 그것은 사과를 대학입시와 연결시킨 것이다. 그 과수원 주인은 사과를 예쁘게 포장해서 수험생용으로 팔았다. 태풍에도 떨어지지 않는 사과, 그깟 대학 입학시험 따위에 떨어지랴? 이를 소구점으로 해서 백화점에 납품한 결과, 과수원 주인은 대박을 터뜨릴 수 있었다.

이것이 창조성의 영역이다. 컴퓨터가 아무리 발달하여도 이 분야만큼은 인간이 해야 할 일이다. 이때 가장 중요한 것은 '발상의 전환'이다. 지난주에 '제주 지역경제 살리기를 위한 혁신 대토론회'에 참여할 기회가 있었다. 이 세미나에서 주제발표자가 "웰빙 산업으로 제주경제를 살릴 수 있다"는 내용을 들으면서 눈과 귀가 번쩍

뜨였다.

발표자는 "제주도는 웰빙이라는 생명 기술에 디자인을 접목하여 세계최고의 웰빙 명품을 만들어야한다"고 제안하면서 제주도는 삼성, LG, 현대자동차 등 디자인으로 성공한 기업을 벤치마킹하여 기업형 디자인 전략을 과감하게 도입하는 것이 성공의 지름길이라고 했다.

브랜드는 모든 조직의 핵심적인 경쟁우위요소로서 급속도로 중요성이 더해지고 있다.

그래서 '제주도'하면 '웰빙'이라는 단어가 떠오르게 차별된 전략을 수립해야 할 것이다. 생각을 바꾸면 길이 보인다.

# 이제는 의료관광이다

**관광**은 세계화로 인한 사회변동을 겪기 시작한 20세기 말부터 그 형태가 다양화하게 되었다. 다양한 관광개발 주체들이 개별화된 관광객의 관광욕구에 부합하는 다원화된 소규모 관광개발에 박차를 가하여 왔다. 이러한 탈 근대적 관광객의 출현은 관광객의 기호가치가 중요하다. 그리고 오늘날 관광객들 사이에는 친인간적이고 건강을 중시하는 패러다임이 새롭게 형성되기 시작하였다. 이런 흐름 속에 관광을 매개로 의료와의 복합화를 통해 그러한 관광객의 욕구를 충족시키고자 신개념의 관광행태가 출현하게 되었다.

바로 의료관광이다. 의료관광은 휴양, 레저, 문화 등의 관광활동과 의료서비스와 결합됨으로써 많은 부가가치를 창출한다. 의료관광은 21세기 새로운 고부가가치 관광산업이라고 할 수 있으며 미국, 유럽 국가 등 선진국은 물론 일부 동남아시아 국가에서는 오래전부터 주목받고 있는 분야이며 현재 대표적인 의료관광 국가로는 태국, 싱가폴, 인도, 말레이시아 등을 꼽을 수 있다. 이들 동남아시아 국가들은 아시아 의료시장의 허브가 되기 위해 치열한 각축전을 벌이고 있다.

이들은 높은 의료수준과 의료장비, 저렴한 비용, 천혜의 관광자원, 값싼 물가 등을 앞세워 외국인 환자를 적극 유치하고 있다. 이는 고용 촉진과 외화 수입 확대가 주목적이다. 이들은 주로 중국, 인도, 동남아, 중동 지역 국가의 부유층을 겨냥하고 있지만 미국, 유럽, 일본 등으로도 점차 손길을 뻗치고 있으며 의료비가 비싸고 서비스 수준이 낮은 미국 등에서도 점차 수요가 늘고 있기 때문이다.

비록 출발은 조금 늦었지만 우리 제주도가 의료관광지로의 도약 가능성은 매우 크다가 생각된다. 그 이유는 정책 당국의 의료관광에 대한 활성화 의지, 선진국에 비해 상대적으로 경쟁력 있는 의료비, 청정 자연 환경과 좋은 물水, 불로초의 전설 등 경쟁력 있는 의료관광자원이 있기 때문이다. 다만 제주의 의료 환경과 관광산업 실정에 맞으면서 고객의 시선을 잡아끄는 특화된 의료관광 '상품화 작업'이 선행되어야 한다.

이것이 바로 우리의 당면한 과제다. 이는 개인이나 특정단체 · 기관이 할 수 있는 것이 아니다. 정책 당국과 의료계, 관광업계 등 모두의 의지와 협력이 필요하다. 최근 도에서도 2단계 제도개선을 통하여 관광 · 교육 · 의료 등 핵심 산업에 대한 규제를 대폭 완화하여 명실상부한 '특별자치도'로 거듭나려는 노력들을 하고 있는데, 의료산업의 육성은 관광산업의 육성과 같이 가야 한다.

56만 명에 불과한 제주도 내수시장의 한계를 고려할 때 의료산업 육성의 관건은 내국인뿐만 아니라 외국인의 유치에 달려있으며 이는 관광산업과 분리하여 생각할 수가 없다. 이와 관련하여 의료 수요와 관련된 관광객을 유치할 수 있는 구체적이고 차별적이며 경쟁력 있는 새로운 프로그램과 시설들을 갖추고 외국인들이 꼭 올 수 있도록 하는 전문적인 마케팅이 필요하다.

의료관광산업은 관광객의 체류기간이 길며, 특히 미용이나 성형, 건강검진, 간단한 수술 등으로 찾는 환자의 경우는 관광을 연계하여 머물기 때문에 체류비용은 더욱 커지며, 소득 수준이 높아

지고, 고령화가 진행되면서 '의료관광산업'은 차세대 유망 산업이
될 것이다.

무한 경쟁시장에서 그리고 이미 짜여진 경쟁의 틀 속에 성공적으
로 진입하기 위해서는 우리의 시스템이나 프로세스, 전략, 상품 등
을 차별화하는 노력이 필요하다.

# 로하스와 의료관광

**몇 년** 전부터 우리 사회엔 건강한 well 삶being을 추구하는 웰빙 열풍이 불어 닥쳤다. 열풍정도가 아니라 광풍狂風이었다. 사회의 모든 현상이 웰빙으로 설명될 수 있을 정도로 웰빙은 큰 트렌드였다. 여기에서 파생된 신조어 '웰빙족'은 물질적 가치나 명예를 얻기 위해 달려가는 삶보다는 신체와 정신이 건강한 삶을 행복의 척도로 삼는 사람들을 가리키는 말이다.

웰빙족들이 늘어나자 각 기업들은 발 빠르게 웰빙을 상업적으로 이용하기 시작했고, 웰빙은 독특한 소비 행태를 갖춰 나갔다. 웰빙이 일부 부유층만의 이기적인 라이프스타일로 굳어가고 있다는 비판이 대두되자 개인만이 아니라 사회와 환경까지 생각하는 '로하스 LOHAS'가 새로운 시대적 코드로 부상하기 시작했다. 로하스는 미국의 내추럴마케팅연구소가 처음 사용한 개념으로서 '건강과 지속적인 성장성을 추구하는 라이프스타일Lifestyle of Health and Sustainability'의 약자이다.

로하스는 자신의 건강과 행복만이 아니라 이웃의 안녕, 나아가 후세에 물려줄 소비 기반까지 생각하며 친환경적이고 합리적인 소비 패턴을 지향한다. 웰빙의 구호가 그저 '잘 먹고 잘 살자'였다면 로하스의 구호는 '제대로 먹고 제대로 살자'는 것이다. 요즈음의 소비 트렌드는 제품 하나를 선택하더라도 친환경 제품인지, 재생원료를 사용한 제품인지 혹은 지속 가능한 기법이나 농법으로 생산된 제품인지를 꼼꼼히 따져본다. 이들에게 있어서 가격은 그다지 중요하지 않다.

이러한 트렌드는 제주도 관광산업을 한 단계 업그레이드 시킬 수 있는 기회 요소가 될 수 있다. 과거 시설 위주의 관광산업은 생활수준의 향상과 관광욕구의 변화에 따라 질적 수준이 향상되고 관광상품 또한 다양화되고 있다. 또한 관광객들 사이에는 친환경적이고 건강을 중시하는 패러다임이 새롭게 형성되기 시작하였다. 이런 흐름 속에 관광과 의료의 만남을 통해 그러한 관광객의 욕구를 충족시키고자 신개념의 관광행태가 출현하게 되었다.

통계에 의하면 전 세계적으로 매년 700만 명 이상의 관광객이 의료관광을 목적으로 타 국가를 방문하고 있고 OECD 국가의 의료시장 규모는 2005년 현재 3조 2000만 달러로 추정되며, 의료관광 상품의 내용은 코 성형수술, 지방흡입 수술, 치과교정, 라식수술 등 선택 의료 상품에 이르기까지 다양하다.

우리나라의 우수한 의료 인력을 잘 활용하고 제주도가 갖고 있는 세계자연유산, 청정 환경 및 관광 인프라를 적절히 활용하면 의료관광을 중심으로 한 제주도의 의료관광산업은 발전가능성이 충분하다고 할 수 있다. 다만 제주의 의료 환경과 관광산업 실정에 맞으면서 고객의 시선을 잡아끄는 특화된 의료관광 '상품화 작업'이 선행되어야 한다.

이것이 바로 우리의 당면한 과제이다. 이는 개인이나 특정단체·기관이 할 수 있는 것이 아니다. 정책 당국과 의료계, 관광업계 등 모두의 의지와 협력이 필요하다 하겠다.

# 의료관광산업을 블루오션으로

　　　　　　　　　　**의료관광**은 '의료'에 '관광'을 접
목한 것으로 환자가 진료를 받는 중이나 완료 후 휴양과 관광활동을
병행하는 것뿐만 아니라 의료기술이 뛰어나고 가격 경쟁력을 갖고
있는 국가에서 진료를 받기 위해 여행을 하는 것을 의미한다.

　의료관광의 가장 큰 장점은 비용 절감 효과가 크다는 것이다.

　의료관광 목적지로 인기를 끌고 있는 지역의 의료비를 미국·영
국과 비교하면 인도는 10%, 태국은 25%, 쿠바는 60~80% 수준
으로 저렴해 적은 돈으로 치료와 관광 두 가지 목적을 달성할 수 있

는 이점이 있다. 전문가들의 분석에 따르면, 2000년대 들어 해마다 15%씩 성장해 온 의료관광 산업은 2008~2012년까지 약 25% 성장하였다.

이제 더 이상 의료산업은 오직 환자의 질병을 치료하는 수단만으로는 블루오션을 창출해낼 수 없다. 관광산업과 같은 타산업과의 적극적 연계를 통한 다양한 접근은 물론 개방적, 혁신적 아이디어를 토대로 시너지 창출을 위한 신규 사업을 지속적으로 개발해야만 변화하는 세계시장에 대응할 수 있다.

제주도도 4+1 핵심 산업 중 의료산업과 관광산업이 연계된 제주형 의료관광 모델개발 및 실행방안 모색을 통하여 향후 동북아의 의료허브로 거듭나려고 많은 노력들을 기울이고 있는 것으로 알고 있다. 단기간에 세계적 수준의 병원을 설립할 수 있는 방안은 외국의 유명한 종합병원을 유치하는 것이지만 이의 성공 관건은 어떻게 외국병원의 투자자, 금융기관의 투자를 이끌어낼 수 있는가에 달려있다.

현실적으로 종합병원에 대한 수요조사, 비즈니스 플랜 작성, feasibility study 등을 해 보면 제주도 인구의 규모 상 한계 등으로 그렇게 긍정적인 결과가 나오기는 쉽지 않을 것이다. 그러나 최근에

미국의 PIM<sup>Philadelphia International Medicine</sup>이 종합병원 설립에 상당한 관심과 의지를 가지고 제주특별자치도와 MOU를 체결한 것은 매우 고무적인 일이다.

현재 PIM은 전문 consulting firm을 통해 비즈니스 플랜 작성과 feasibility study를 진행하고 있는 바, 긍정적인 결과가 나올 경우 제주도 의료관광산업의 중요한 앵커 시설이 될 것이므로 제주도의 입장에서는 가능한 한 PIM과의 협상을 성공적으로 이끌어 본 계약 체결에 최선을 다할 필요가 있다.

또한 단기적인 전략으로 성형, 재활의학 등 특정분야에 전문화된 병원 중에서 해외 환자유치에 관심이 있는 병원을 중점적으로 유치하는 방안도 하나의 방법이 될 것이다. 그리고 현재 제주도내의 의료관광 인프라를 활용하여 의료관광에 접목시킬 수 있는 분야를 찾아 특화시키는 방법도 검토해볼 필요가 있다. 기존 호텔과 병원 시설을 연계하는 클리닉호텔 설립 방안과 클리닉타운 조성도 가능할 것이다.

문제는 실천이다. 의료관광산업육성을 위한 마스터플랜 작성과 정책을 집행할 조직을 구성하고, 법령과 제도를 개선하고 의료관광 관련 공공서비스를 제공할 전담기구를 설립하여 차근차근 준비해나가야 할 것이다. 이것이 바로 우리의 당면한 과제이다. 이는 개인이나 특정단체 · 기관이 할 수 있는 것이 아니다. 정책 당국과 의료계, 관광업계 등 모두의 의지와 협력이 필요하다 하겠다.

# 이제는 녹색관광이다

**남 프랑스** 지중해변에 위치한 그라스<sup>Ville de Grasse</sup>는 향수산업의 본고장이다. 그라스는 기후가 따뜻하고 건조하여 향수의 원료인 허브들을 재배하는 최적지이다. 이곳에서는 장미, 오렌지, 재스민, 바이올렛, 라벤더 등을 재배하고 있는데, 공급량이 부족하여 세계 각국으로부터 꽃잎을 수입하고 있다. 이곳 마을 내 공장은 모두 향수 공장이며, 5만 명의 주민이 대부분 향수산업으로 소득을 올리고 있다.

향수라는 차별화된 테마, 눈부신 태양과 자연풍광, 좋은 기후 덕분에 관광산업이 함께 발달하고 있다. 거리, 호텔, 박물관, 백화점,

컨벤션센터 등의 명칭과 기능이 모두 향수와 연관되어 있으며, 향수 공장은 인기 있는 관광코스이다. 한편, 관광산업도 세계화로 인한 사회변동을 겪기 시작한 20세기 말부터 그 형태가 다양화되기 시작한다. 다양한 주체들이 개별화된 관광객의 관광욕구에 부합하는 다원화된 소규모 관광개발에 박차를 가하여 왔다.

작년 삼성경제연구소가 10대 히트상품으로 선정한 '제주 올레길'은 점點여행에서 선線여행으로 관광의 패러다임을 바꿔 놓았다. 그동안 현대사회의 속도전에 치인 올레꾼들은 이 길에서 행복과 희망을 안고 돌아갔다. 이러한 탈 근대적 관광객의 출현은 관광객의 기호가치가 중요한데, 오늘날 관광객들 사이에는 친자연적이고 느림을 중시하는 경향이 나타나기 시작했다. 또한 환경보전의 중요성이 강조되고 있으며, 이러한 시대의 흐름에 따라 녹색관광green tourism에 대한 관심이 높아지고 있다. 녹색관광의 등장배경을 살펴보면 다음과 같이 크게 세 가지로 나눌 수 있다.

첫째, 농촌지역에서 점차 고용기회와 소득이 감소하였으므로 관광으로 이러한 상황을 개선하고자 녹색관광이 시도되었다. 그동안 산업화 정책으로 농촌인구 도시유입이 가속화됨으로서 농업취업인구는 급격히 감소하였다. 이로 인해 농업생산이 감소하고 나아가 농업의 경제적 기반의 붕괴뿐만 아니라 공공 교통수단이나 학교 등 생활서비스 제공이 곤란해지는 상황이 초래되었다. 특히 농촌지역의 아름다운 경관, 문화자원을 활용한 관광이 유망한 대안으로 부각되었고 관광수입으로 농가의 경영을 안정시켜 농촌지역의 사회경제 구조를 유지하려는 생각에서 녹색관광에 관심을 갖기 시작하였다.

둘째, 관광욕구의 개성화, 차별화를 들 수 있겠다. 교육수준이 향상되고 여가시간이 증가하면서 기존의 관광지에서 벗어나 농촌지역에서 개성 있는 휴가를 즐기는 형태의 관광이 등장하고 있다. 특히 자연·역사·문화적 유산에 대한 관심이 고조되었다. 또한 도로망의 정비와 자동차보급의 확대로 접근성이 개선됨에 따라 물리적 거리 극복이 보다 용이하게 된 점도 영향을 미쳤다.

셋째, 녹색관광을 농어촌지역 활성화의 새로운 수단으로 파악해야 한다. 우리의 농어촌은 도시화, 공업화로 인하여 노동력의 유출과 노령화를 초래하였으며, 농산물의 가격불안정, 농수산물 시장의 국제개방 등으로 많은 어려움을 겪고 있다. 관광객을 위해 농가민박과 향토요리, 특산물의 개발, 각종 이벤트를 개최하는 등 그 지역의 독특한 생활과 문화를 자원으로 농업지역의 활로를 찾을 수 있다.

관계당국에서도 녹색관광이 향후 제주를 먹여 살릴 성장 동력임을 명심하여 녹색관광 육성방안을 모색해야 할 것이다.

# 해양 레저산업을 성장동력으로

**최근** 제주포럼에 다녀왔다. 각 분야의 여러 세션들이 많았지만 평소 관심이 많은 제주 해양레저산업 활성화 전략방안이란 세션에 참가했다. 주요 참여자로는 국내 마리나 개발을 총괄하는 국토해양부 사무관, 유럽의 휴양지역으로 해양레저산업이 발달한 스페인의 마요르카 및 세계최대의 마리나 개발회사인 미국의 벨링헴의 인사들이 참여하여 활발한 토론이 오고 간 유익한 세션이었다. 평소 해양 레포츠를 좋아해서 바다를 자주 찾는 필자로서는 금번 포럼 참석을 통해 많은 생각을 하게 되었다.

사실, 제주는 섬 지역으로서 사면의 바다를 끼고 있음에도 정작 바다를 활용한 관광레저를 위해 반드시 필요한 마리나 개발은 아직 미미한 실정이다. 이는 남북한이 대치하는 우리나라의 특수상황으로 인해 과거 바다로 접근이 제한적이었고 어촌계를 중심으로 한 어업의 중요성으로 인해 레저를 위한 연안사용이 어려웠기 때문이기도 하다.

그러나 최근 어업종사자 인원수 감소에 따른 어선 감척, 해녀 숫자의 감소 등 제주 바다의 대체 활용방안 강구가 필요하게 되었고, 주5일 근무제와 국민소득 증가에 따른 전국적인 요트수요 증가가 예상되면서 본격적으로 마리나 시설 개발에 관심을 기울여야 하는 상황이 되었다.

이번 발표 중 스페인의 마요르카의 사례가 매우 흥미로웠다. 마요르카는 제주와 비슷하게 스페인에서 떨어져 있는 관광지로 면적은 제주의 2배 정도이고 인구는 제주보다 조금 많은 86만 명 정도의 섬이다. 반면, 이 지역에는 마리나가 69개가 있고 요트가 정박할 수 있는 선석이 2만 2,000개나 되며 연간 1100만 명의 관광객 중 200만 명에 이르는 요트 관광객을 유치하고 있다. 이러한 요트 관광객은 일반 관광객에 비하여 소비력이 높아 지역의 관광수입과 일자리 창출에 많은 기여를 하고 있다.

아직 변변한 마리나를 갖고 있지 못한 제주로서는 위 사례가 부럽기는 하지만, 동북아 3국의 중심에 위치하고 있으면서 관광객 모두가 경탄하는 자연환경을 가지고 있는 제주도도 노력 여하에 따라 충분히 만들어 낼 수 있는 모습이라고 생각한다. 최근, JEC(제주국제자유도시개발센터)에서 핵심프로젝트의 후속으로 마리나를 중심으로 한 도시건설을 구상하고 있다고 들었다.

필자의 생각으로는 첨단과기단지, 영어교육도시 등을 건설한 경험에 비추어 볼 때 제주의 해양관광을 획기적으로 변화시킬 수 있는 거점시설을 만들어 낼 수 있을 것으로 본다. 또한, 이러한 거점시설이 성공리에 마무리 되고 운영이 되기 시작하면 민간차원에서도 노후한 어항 재활용 방안으로 마리나 건설이 따를 것이라 생각한다. 그러나 제주의 관광산업의 큰 변화를 가져올 프로젝트가 특정기관 혼자의 힘으로 이루어질 수는 없을 것이다.

이미 미래의 요트수요에 대비하기 위해 움직이고 있는 국가차원의 노력에 더하여, 천혜의 섬 관광지인 제주가 주요 축으로 고려될 수 있도록 전도 차원의 역량 결집과 논의가 필요할 것이다. 또한, 지역에서도 갈수록 고령화되어가는 제주 어촌의 미래를 심각하게 고민하고 다시 사람들이 모이는 어촌으로 거듭날 수 있도록 자발적으로 해양레저산업 육성을 검토해야 할 것이다.

지역주민이 가슴을 열고 행정 및 민간 투자자와 진지하게 논의를 할 때 얼마든지 지역산업과 조화를 이루는 마리나 건설을 이루어낼 수 있을 것이다. 도민 모두의 관심과 노력을 통해 제주의 최대강점인 자연과 조화를 이루는 친환경산업으로서의 해양레저산업이 육성되어 제주가 우리나라 최고의 해양관광지로 거듭나게 되기를 기대한다.

# 예래 휴양형 주거단지에 대한 단상

**최근** 제주 사회 핫이슈 중 하나가 예래 휴양형 주거단지와 관련된 사항이다. 필자는 이 분야의 전문가가 아니어서 디테일한 부분 까지는 다 알지 못한다. 그러므로 이 글은 지극히 개인적인 의견이라는 것을 먼저 밝혀둔다. 아직도 국제자유도시의 개념에 대해서는 도민들의 공감이 더 필요하다.

그렇지만 그 출발은 이것이 아니었을까. 즉, 천혜의 자연 환경과 동북아의 중심이라는 최고의 지정학적 위치를 가지고 있는 제주도가 한반도의 변방에서 벗어나 세계 속으로 한 걸음 더 나아가기 위해서 도입된 개념으로 알고 있다. 그리고 이를 시행하기 위해 국제자유도시개발센터라는 조직이 만들어 진 걸로 알고 있다. 이후 개발센터가 대형 프로젝트를 추진하기 시작했고 이 프로젝트들은 도민들의 관심을 받기도 했고, 때로는 비판의 대상이 되어왔다. 어쨌거나 예래 휴양형 주거단지도 제주를 변화시키기 위한 핵심프로젝트 중 하나로 시작됐다.

프로젝트를 추진하기 위해 사업주체는 토지를 확보하고 사업 추진을 위한 법적 근거로 유원지 실시계획을 승인 받은 걸로 알고 있다. 즉, 유원지는 제주도를 국제자유도시로 개발하기 위한 목적을 위해 수단으로 도입한 개념이지 당초 유원지개발이 목적이 아니지 않았을까 하는 게 필자의 생각이다.

그런데 올 봄 대법원의 예래 휴양형 주거단지 개발사업 원인 무효 확정 판결을 내림으로써 개발센터와 사업인가를 내준 서귀포시가 혼란에 빠지게 된 것이다. 아울러 대법원은 "휴양형 주거단지 시설에 숙박시설은 분양이 주목적으로 공공적 성격이 요구되는 도시계획시설인 유원지와는 거리가 먼 시설임이 분명하다" 밝히기도 했다. 필자가 알기론 법령상 유원지의 정의는 1979년에 처음 도입되어 아직까지 유지되고 있는 걸로 알고 있다.

당시 국민 소득이 미미할 때 도시민의 여가를 위한 시설을 정부가 건설하기 위해 만들어진 것이다. 그러나 지금은 세상이 엄청 많이 변했다. 소득 향상에 따라 국민의 레저 활동이 하루짜리 근교 놀이공원 방문에서 벗어나 보다 오랜 시간 장거리를 여행하며 각종 체험을 즐기고 있는 것이다. 따라서 유원지가 포함하여야 하는 시설도 국민의 변화하는 수요에 맞추어 확대되어야 하는 것이 맞지 않을까.

최근 국회의원 21명이 제주특별법을 개정하여 유원지 시설의 범위에 관광시설을 포함시키고 유원지 시설의 결정, 구조 및 설치 기준에 관한 사항을 제주도가 정할 수 있도록 하는 법안을 발의 했다니 그나마 다행이다. 제주의 경우 1200만 관광객이 찾아오는 국내 최고의 관광지이다. 이에 따라 제주의 경제구조도 관광을 기반으로 하는 서비스에서 대부분의 소득을 창출하고 있다.

이러한 제주의 특수성을 고려할 때 국제적으로 격이 맞는 시설이 갖추어져야 할 것이며 법령 역시 이러한 상황을 반영하여 정비되어야 할 것이다. 금번 판결로 인해 개발센터, 제주도는 물론 투자자 역시 당혹스러워하고 있다고 들었다. 잘못하면 대규모 국제소송으로 전개될 수 있다고도 한다. 이 경우 손해배상 부담은 누가 책임질 것인가? 현 상태에서 제주의 상황이 전혀 반영되지 않은 유원지라는 개념에 집착하여 투자자를 내몰고 제주도민이 상당한 금전적 피해를 볼 수 있는 것을 방치하는 것은 무책임한 것이 아닐까?

지금이라도 이 사안을 무조건적으로 비판만 할 것이 아니고 어떻게 슬기롭게 해결할 것인지를 우리 모두 머리를 맞대고 고민해야 할 것이다.

# 착한 여름휴가

**현대인들**의 관광 트렌드가 계속 변하고 있다. 예를 들면 크루즈 관광, 트레킹 여행, 생태 관광, 책임여행, 의료 관광, 복지 관광, 시티 투어 등 관광 형태도 다양하다. 이러한 관광의 트렌드 변화를 요약하면 체험, 창조성, 융복합화로 요약할 수 있겠다. 다시 말하면, 시설 중심에서 콘텐츠중심으로 관광패턴이 전환되고 있고, 관광객에게 꿈과 감성을 제공하는 것이 차별화의 핵심이며 관광산업과 지역산업간 융복합화를 통하여 부가가치를 창출하고 있다.

예를 들면, 트레킹 여행은 생태 관광중 하나다. 중장비를 하고 산

정상까지 올라가는 것이 아니라 평지를 오랫동안 걷는 것이다. 공기 좋은 곳에서 걷는 것 자체가 건강에 좋기 때문이다. 체력소모의 강도가 약한 걷기를 실버 계층과 여성이 선호하는 것도 하나의 이유다. 올레길을 가보라. 여성이 남성보다 훨씬 많이 보일 것이다.

프랑스에는 랑도네 클럽이 있는데 프랑스의 각 지역, 도시마다 수백 개의 랑도네 클럽이 조직되어 있다. 랑도네[Randonnee]란 긴 산책을 통해 심신을 단련하는 운동을 말한다. 해설자와 참여자가 함께 산책을 하면서 자연 생태계를 탐사한다. 도시 외곽의 숲과 언덕, 국공립공원을 5-6시간 걷는 단거리 코스부터 알프스 전체를 도보로 주파하는 장거리 코스까지 다양하다.

한편, 책임 여행도 늘고 있다. 책임 여행이란 여행객이 여행하는 곳의 환경과 문화를 보호해야 할 책임을 가지고 여행하는 것을 말한다. 여행을 하다 보면 흥에 겨워 여행 지역의 환경을 훼손하는 경우가 많다. 그러나 '착한 여행'을 하려면 관광지의 환경을 깨끗이 하고 그곳 문화를 존중하는 것은 물론 여행지역의 상품을 사주는 것이다.

책임 여행은 1992년 리우회담에서 대안 관광이 제시되면서 처음으로 그 개념이 알려졌고, 유럽을 중심으로 급속히 확산되기 시작했다. '앙코르 와트 청소 여행', '히말라야 쓰레기 청소 여행' 같은 것이 책임 여행의 한 예이다.

최근 들어 복지 관광도 급부상하고 있다. 복지 관광은 말 그대로
국민의 복지를 위한 프로그램의 일환으로 소외된 계층의 여행 경비
를 국가나 지자체가 일부 지원해주는 관광이다. 이러한 복지 관광
을 통해 소외된 계층의 사회 참여 유도와 소외계층을 위한 관광 여
건 조성, 그리고 민간 부분의 복지 관광 참여 확대 등의 효과가 기
대된다. 여행이 개인의 삶의 질을 높이는 차원에서 큰 몫을 차지하
는 만큼 경제적, 신체적 또는 기타 이유로 관광이 불가능한 사람들
에게는 참으로 반가운 소식이 아닐 수 없다.

우리는 자신이 살고 있는 지역을 넘어서 다른 지역으로 여행가기
를 즐긴다. 우리는 왜 여행하는 것일까? 자신에게 익숙한 것과 잠시
이별하면 불편하기는 하지만 그 자체가 스트레스 해소에 도움이 되
고, 새로운 것을 보면 우리의 흥미를 돋워 기가 상승하게 된다. 우
리는 여행을 가면 그곳에 있는 것들을 주마간산 식으로 보고 오기
쉽다. 한마디로 관광Sightseeing이다. 하지만 진정한 여행은 여행 지역
을 좀 더 느끼는 것이다. 특히 해당지역의 사람들과 만나 이야기하
고 체험해야 여행의 진면목을 알 수 있다.

전남 장흥군과 제주도를 오가는 쾌속 카페리가 취항하였다는 소

식을 접하며, 이제는 배로도 쉽게 당일치기 여행을 할 수 있게 됐구나 생각하니 절로 기분이 좋아진다. 오늘 저녁엔 좋은사람들과 둘러앉아 착한 여름 휴가계획을 세워보는 것은 어떨까.

여기,
함께하는

six

두근거림의
힘

따뜻한

마음

한

그릇

## 남의 뒷모습에서 자신을 봐야

낙화


가야 할 때가 언제인가를

분명히 알고 가는 이의

뒷모습은 얼마나 아름다운가


봄 한철

격정을 인내한

나의 사랑은 지고 있다

분분한 낙화

결별이 이룩하는 축복에 싸여

지금은 가야 할 때


무성한 녹음과 그리고

머지않아 열매 맺는

가을을 향하여

나의 청춘은 꽃답게 죽는다.


헤어지자

섬세한 손길을 흔들며

하롱하롱 꽃잎이 지는 어느 날


나의 사랑, 나의 결별

샘터에 물고이듯 성숙하는

내 영혼의 슬픈 눈

            -이형기


최근 가까운 산으로 혼자 여행을 다녀왔다. 일상에 파묻혀 복잡
해진 심신을 추스르려고……. 살아갈수록 외로워진다는 사람들의

말이 더욱 외로워 사람들을 멀리하고 길을 걷는다는 어느 시인의 말처럼 혼자서 센티한 척(?) 타박타박 산길을 걸었다. 나무들이 겨울나기를 준비하려고 낙엽을 날리고 있는 길을 걸었다. 낙엽을 밟으며 내가 걸어온 길을 뒤돌아본다. 겸손하지 못했던 나의 삶을 반성하며 겸손해지자고 다짐하고 왔다. 아낌없이 주는 나무처럼 겸손해지자고…….

정말 자연은 우리에게 많은 것을 준다. 앞만 보고 달려가는 우리 현대인들에게 휴식은 정말 필요하다. '옆'이나 '뒤'도 있다는 걸 깨우쳐 주니까…. 휴식은 게으름도 낭비도 아닌 재충전을 위한 필수적 투자다. 휴식을 긍정적으로 인식하고 참다운 휴식에 대해 음미해 보아야 한다. '뒤를 돌아보는 것'과 '뒷모습을 보이는 것'은 다르다. 뒤를 돌아보면 다시 앞모습을 보여주게 된다.

반면 뒷모습을 보이기 위해서는 다른 사람보다 앞서 걸어야 한다. 미련이나 집착, 욕망이 인간을 뒤돌아보게 한다. 포기하지 못했기 때문이다. 그래서 추한 뒷모습을 자꾸 숨기게 만든다. 하지만 관용과 자유, 무소유는 인간을 앞으로 나아가게 만든다. 그래서 그 근사한 뒷모습을 자꾸 보게 만든다. 만날 때 헤어질 것을 염려하는 연인들이 없는 것처럼 물러나기 위해 전진하는 인간도 없다. 그래서 박수를 받을 때 떠나기가 어려운 것이다.

박수는 남이 쳐 주는 것이고, 자신의 앞모습이 아닌 뒷모습을 보고 쳐 주는 것이다. 자신의 뒷모습을 자신은 볼 수 없고, 뒷거울이나 남의 눈이 있어야 볼 수 있다. 그것이 바로 앞모습보다 뒷모습을 책임지기가 더 어려운 이유이다. 우리는 남의 뒷모습에서 자신을 봐야 한다. 영화 '와호장룡'의 아름다운 마지막 장면에서 용(장쯔이)은 안개 바닷 속으로 '낙화洛花'처럼 사라진다. 모두를 적으로 삼으면서 자신의 앞모습만 내세우던 '대결'의 자세를 버린 것이다.

그렇게 자신을 버려야만 다시 자신을 되찾을 수 있을 것이다. 용의 그런 뒷모습에 자꾸 앞모습조차 추한 요즘 우리나라 정치인들의 뒷모습이 겹쳐지는 것은 비단 나뿐만이 아닐 것이다. 모든 불행의 근본은 '조바심'이다. 그들은 남의 아름다운 뒷모습이 자신의 뒷거울이 될 수도 있음을 모르는 것 같다.

변
화
를

즐
겨
라

　　　　　　　**제주**의 관광산업은 고객의 니즈
에 맞추어 변화하고 차별화되어야 한다. 미래형 관광산업은 자연자
원 및 환경이 중요하게 인식되고 있다. 또한 지속가능한 관광개발
에 대한 관심이 확대되면서 생태관광과 녹색건강관광이 화두가 된
지 오래이다. 새로운 관광상품도 많이 나오고 있다. '의료서비스도
받고 관광도 함께 즐기는' 즉, 건강과 관광이 결합된 형태의 의료관
광Medical Tourism도 한번쯤은 들어보았을 것이다.

　　최근 제주특별자치도에서도 관광·교육·의료 등 핵심 산업에 대
한 규제를 대폭 완화하여 명실상부한 '동북아의 Hub'로 발돋움하기

위한 노력들을 하고 있는데, 의료산업의 육성은 관광산업의 육성과 같이 가야 한다. 또한 요즘의 추세가 산업간 복·융합화 급속히 진행되고 있으며 의료와 관광이 결합된 의료관광산업의 특화를 통해서 양 산업이 Blue Ocean 시장을 개척할 수 있을 것이다.

56만 명에 불과한 제주도 내수시장의 한계를 고려할 때 의료산업 육성의 관건은 내국인뿐만 아니라 외국인의 유치에 달려있으며 이는 관광 산업과 분리하여 생각할 수가 없다. 이와 관련하여 의료수요와 관련된 관광객을 유치할 수 있는 구체적이고 차별적이며 경쟁력 있는 새로운 프로그램과 시설들을 갖추고 외국인들이 꼭 올 수 있도록 필요에 의한 전문적인 마케팅이 필요하다.

무한 경쟁시장에서 그리고 이미 짜여진 경쟁의 틀 속에 성공적으로 진입하기 위해서는 우리의 시스템이나 프로세스, 전략, 상품 등을 차별화하는 노력이 필요하다. 세상은 급변하고 있다. 변화하는 세상에 맞춰 우리들도 변해야 한다.

누구든지 변화에 대한 두려움을 가지고 있다. 그렇지만 언젠가는 변해야 되는 거라면 현실을 냉정하게 파악하고 신속하게 움직이는 것이 현명한 것이 아닐까? 변화하는 것을 두려워해서 아무 것도 하지 않는다면 실패자가 될지도 모른다. '피할 수 없으면 즐겨라.'

사랑하면 알게 되고,
알면 보이나니

**요즈음** 젊은이들이 가장 선호하는 직업은 공무원이다. 공무원 시험 경쟁률이 몇 십 대 일 또는 백 대 일이 넘는다는 뉴스도 종종 접한다. 필자가 대학을 졸업할 때만 해도 대부분 대기업 취업을 선호해 공무원을 하려는 동료들은 별로 없었는데 참 세상 많이 변한 걸 느낀다. 왜 이렇게 공무원 선호도가 높은 것일까.

최근의 연구결과를 보면 경기의 상승과 하강 국면의 진폭이 짧아 앞의 일을 예측하기 힘들고, 고용의 안정성이 떨어지기 때문에 사기업보다 급여는 적지만 법적으로 신분 보장을 받는 공무원을 선호

6. 두근거림의 힘

하는 것이 가장 큰 이유라고 한다. 그러면 이러한 최근의 공무원 선호 현상이 국가경쟁력 측면에서 바람직한 것일까.

나는 그렇지 않다고 생각한다. 기본적으로 공무원 조직은 예산을 집행하는 조직이다. 국가 경쟁력 측면에서 훌륭한 인재들이 기업을 선호하여 새로운 가치나 일자리를 창출하는 사회가 더 생산적일 것이다. 기업가 정신은 창업 또는 세상에 존재하지 않는 새로운 가치를 창출하는 일을 행동으로 옮기는 사람들의 활동을 지칭한다.

피터 드러커는 그의 저서 '넥스트 소사이어티Managing in the Next Society'(2002)에서 기업가 정신이 가장 높은 나라로 한국을 꼽은 바 있다. 그러나 최근 몇 년 우리 사회의 현 모습을 살펴보면 드높은 기업가정신의 발현은 찾아보기 힘들다. 오히려 굴절된 반反 기업정서가 팽배한 사회로 변질된 채 끝 모를 경제 불황의 늪으로 빠져들고 있는 것은 아닌지, 그 우려의 목소리가 크다. 따라서 다시 기업가정신을 적극적으로 구현할 수 있는 사회, 기업인이 우대받는 사회에 대한 요청이 그 어느 때보다 절실하다.

기업가정신으로 무장한 사람이 세우는 기업이 벤처기업이나 중소기업인데, 대기업이 있으면 됐지 이런 기업이 필요하냐는 사람들도 있다. 그러나 벤처기업이나 중소기업은 국가경제 성장의 한 축으로

포트폴리오 역할을 하고, 대기업보다 더 많은 일자리를 창출하며, 모험과 혁신적인 아이디어로 대기업의 경쟁력을 강화시켜줄 수 있으며 중산층 형성에도 기여한다. 다시 말해 우리경제를 안전하고 풍부하게, 새롭게 공급하는 자양분이라 할 수 있다.

그리고 취업을 원하는 젊은이들에게 꼭 들려주고 싶은 말이 있다. 직업선택에서 중요한 것은 '의미 있고, 재미를 느끼며, 잘할 수 있는 일'을 선택하는 것이다. 그리고 더욱 중요한 것은 '나를 행복하게 해줄 수 있는 일'인지 먼저 생각해 봐야 할 것이다. 이것은 정말 중요한 일이다. 조선 정조 때 유한준 선생이 한 말을 상기해보면 더 가슴에 와 닿을 것이다.

"사랑하면 알게 되고, 알면 보이나니, 그때 보이는 것은 전과 같지 않더라."

행운은 노력하는 사람의 것이다. 가끔 사람들은 뒷걸음질 치다가 행운을 잡아 성공했다는 이야기를 한다. 누구에게나 이처럼 예기치 않은 기회가 올 수도 있다. 그러나 이런 기회가 온다고 해서 모두가 이를 실현시키는 것은 아니다. 또 옛말에 감나무 밑에서 입을 벌리는 사람 애기도 있다. 이 말은 부질없는 행운을 기다리지 말고 노력해서 성공하라는 격언이다. 정확히 맞는 말이고, 비켜갈 수 없는 명제이다.

　우리는 항시 노력하지 않고 성공하려는 마음을 갖고 있다. 그래서 로또 복권을 사기도 하고, 유산을 기다리기도 하고, 막연한 행운을 기대하기도 한다. 그러나 세상에 그냥 얻어지는 것은 없다. 행운은 노력하는 사람 앞에서만 기다릴 뿐이다.

# 칭찬의 기술

**칭찬**은 동기부여의 가장 확실한 방법이다. 누가 조금 두각을 나타낸다 싶으면 은근히 끌어내리고 비판하는 우리의 습성은 칭찬에 인색한 문화 때문이 아닌가 싶다. 이 사람은 다 좋은데 사생활이 문란해서 안 되고, 저 사람은 젊은 시절엔 좋았는데 나중에 정치에 몸 담았다가 이미지를 실추시켰고 하는 식이다.

커다란 장점과 작은 단점이 있으면 단점부터 지적하고 훈계하는 습성이 체질적으로 몸에 밴 것 같다. 하지만 그런 문화가 만연하다 보면 자연히 몸을 사리게 되고, 의욕을 잃게 된다. 인간은 타

6. 두근거림의 힘

인을 칭찬함으로써 자기가 낮아지는 것이 아니라 자기를 상대방과 같은 위치에 놓이게 한다. 다음의 일화를 음미해 보자. 가수 마돈나의 얘기다.

마돈나는 열네 살 때 무용 선생 크리스토퍼 플린을 만났다. 당시 그녀의 겉모습은 평범했지만 마음속으로는 열정에 불타던 소녀였다. 마돈나의 열정을 눈치 챈 플린은 감탄했다. "이렇게 아름다울 수가! 너는 마치 고대 로마의 신상같이 신비하게 만들어졌구나. 너처럼 아름다운 사람은 본 적이 없어. 너는 아마 대단한 여인이 될 것 같구나." 이 말에 마돈나는 자신감을 얻어 그 때부터 인생이 바뀌었다고 고백한다.

용기를 주는 단 한마디의 말이, 자칫 사그라질 수도 있었을 소녀의 열의에 불을 붙인 셈이다. 지금의 마돈나가 있도록 한 것은, 대단한 무엇이 아니라 단지 격려의 말 한마디였던 것이다. 그리고 그 용기는 실로 대단한 지렛대가 되어 소녀를 스타로 일으켜 세웠다. 마돈나는 훗날, 병이 든 플린 선생님을 위한 병원비를 모두 부담했다. 용기를 준 것에 대한 보답을 한 것이다. 또한 플린의 장례식에서는 직접 추도문을 읽으며 그에 대한 변함없는 감사와 사랑을 전했다.

효과적이고 바람직한 칭찬을 위해서는 첫째, 상대방의 장점에 대하여 칭찬하여야 한다. 찾아보면 누구에게나 장점이 있고 강점이 있으며 그가 잘하는 행위가 있다. 이러한 장점을 찾아서 칭찬해 주어야 한다.

둘째, 상대방이 칭찬 받기를 원하는 가장 주된 것을 칭찬해야 한다. 사람들은 복장, 용모, 태도, 능력, 집과 뜰 등 여러 가지에서 칭찬받기를 원한다. 남자들은 명예욕을 그리고 여자들은 허영심을 만족시키는 칭찬을 원한다고 하지만 사람마다 다르게 그가 참으로 칭찬받기 원하는 것에 대하여 칭찬을 해야 효과적이다. 예컨대 교수는 골프를 잘 치는 것으로 칭찬받기 보다는 강의를 잘하는 것으로, 학생은 옷을 잘 입는 것으로 칭찬 받기보다는 열심히 공부하는 것으로 칭찬받기를 원한다.

셋째, 칭찬 받기 원하는 적절한 시점에 해야 한다. 앉으나 서나, 밤이나 낮이나 칭찬받기를 좋아하는 사람도 있고 그래서 그렇게 하는 사람도 없지는 않으나 상대방이 "왜 지금 칭찬해 주지 않지?"하는 바로 그 시점에서 하라는 것이다.

"남의 허물을 발견하여 그것을 추궁하는 일은 통쾌하다. 그러나 자신이 허물 속에 묻혀있음을 추궁하는 편이 더 통쾌하다" 톨스토이의 말이다.

# 말의 힘은 세다

**최근** 모 정당 대표가 '자연산' 관련 발언으로 논란을 빚더니 급기야는 대국민 사과까지 했다. 그 대표는 "어려운 시기에 자신의 적절하지 않은 발언으로 국민들께 심려를 끼쳐드려 대단히 죄송하다"며 모든 것이 자신의 부덕의 소치라고 고개를 숙였다. 정당의 대표가 어떤 이유에서든 신중치 못한 언행으로 희화화되면서 리더십을 상실하는 현실을 보면서 말 한마디가 얼마나 중요한지 실감한다.

그렇기 때문에 평소에 자신의 언어습관을 돌아보고 잘 길들이는 것이 중요하다.

첫째, 자신감 있는 언어를 사용해야 한다. '노력해보겠습니다'와 '노력하겠습니다'는 큰 차이가 있다. '해보겠습니다'에는 해보긴 하겠지만 아마 잘 안 될 것이라는 느낌이 숨어 있다. '그렇다고 하던데요'라는 식의 애매모호한 표현도 바람직하지 않다. 자신 있는 내용이라면 '그렇습니다'라고 단정적으로 이야기해도 무방하다. 자신 없게 남 이야기 하듯 이야기 하는 것은 겸손도 그 무엇도 아니다.

둘째, 원망하고 질책하는 듯한 단어도 사용하지 말아야 한다. '아' 다르고 '어' 다르다. 같은 단어도 어떻게 사용하느냐에 따라 받아들이는 사람의 기분은 크게 다르다.

셋째, 피해자의 언어를 사용하지 말아야 한다. 말은 치유하고 파괴하는 능력을 함께 가지고 있기 때문이다. '미치겠네, 속상해 죽겠네, 열 받아 죽겠네, 짜증 나네'라는 말을 달고 다니는 사람은 결국 자신과 듣는 사람을 파괴시킨다.

매일 아침 일어나 "오늘도 좋은 일이 많이 일어날 것이다. 참으로 감사한 세상이다"라고 주문하는 사람과 "나는 망했다. 왜 이렇게 일이 안 풀리나. 이 세상은 나를 버렸다"고 외치는 사람의 삶은 크게 다를 것이다. 언어습관만 고쳐도 인생의 많은 것이 달라질 것이다. 왜냐하면 말은 그 사람의 역사이기 때문이다. 생각의 역사, 정신의 역사, 인격의 역사라고 할 수 있다.

자기가 쏟아낸 말이 그대로 쌓여 복이 되기도 하고 화가 되기도 한다. 그렇기 때문에 입을 열기 전에 한 번 더 생각해보는 것이 매우 중요하다. 지금 이 말을 해도 되는지, 이 말로 인해 피해를 보는 사람은 없는지, 이 말을 들은 사람은 어떤 생각을 하게 될지. 이해인 수녀님의 하신 말씀도 음미해볼 필요가 있다.

"'속담에 '가는 말이 고와야 오는 말이 곱다'는 말이 있는데 반드시 그렇지는 않다. 가는 말이 거칠어도 오는 말을 곱게 할 수 있다. 그만큼 고운 말은 우리 삶에 필수적이다. 그래서 나는 늘 말 차림표를 만든다. 길을 오고 가면서 고운 말이 있으면 메모를 했다가 사용한다. 출입엄금 대신에 '밭에 들어가면 의가 상합니다'라는 말, 절에 쓰레기를 버리지 말라는 엄중한 경고 대신 '아니 온 듯 다녀가시옵소서'라는 말들은 얼마나 삶을 윤택하고 부드럽게 하는가."

이처럼 말의 힘은 세다. 부드럽고 따뜻한 말들이 오가는 아리따운 날들이 되길 기원 드린다.

# 정체성에 대하여

**배**가 목적지를 향해 제대로 항해를 하려면 필수적으로 필요한 것이 있다. 하나는 나침반이고 또 하나는 나의 위치정보이다. 나침반이 없으면 나아갈 수 없고, 현재 나의 위치를 모르면 방향을 잡을 수 없기 때문이다. 우리가 인생을 살아가려면 역시 두 가지가 있어야 한다. 하나는 인생의 비전이고, 또 하나는 나에 대한 정보이다. 내가 누구이고, 내가 원하는 것이 무엇인지 알아야 비로소 방향을 잡을 수 있고, 나아갈 수 있다.

이때 필요한 것이 무엇일까? 나는 누구이고, 내가 원하는 것이 무엇인지 아는 것이다. 이것을 알고 있으면 힘들어도 극복할 수 있고, 힘에 부치면 쉬어갈 수 있다. 시간을 내어 자신의 내면 여행으로 떠나 스스로에 대하여 탐색해 볼 필요가 있다. 겉으로 드러난 자신이 있고, 속에 감추어진 자신이 있다. 이것을 겉과 속이라고 한다. 대부분의 사람들은 겉과 속이 다르다. 겉으로는 친절하지만 속으로는 욕심꾸러기일 수 있고, 겉으로는 순하지만 속으로는 공격성이 내재되어 있을 수도 있다. 또 겉으로는 이것을 원하지만 속으로는 저것을 원할 수도 있다.

가능하면 겉과 속이 일치하는 것이 좋다. 우리는 오래전부터 겉과 속이 같은 사람을 좋아했다. 그래야 그 사람이 정체성이 잡히고, 흔들리지 않고, 인생을 원하는 대로 꾸려갈 수 있다. 사람은 누구나 자신의 정체성을 찾고 싶어 한다. 이것은 아주 오랜 철학적 문제이기도 하고, 심리학적 문제이기도 하다. "호랑이는 죽어서 가죽을 남기고, 사람은 죽어서 이름을 남긴다"는 속담은 다름 아닌 개인의 정체성에 대한 진술이다.

정체성이란 무엇인가? 나를 정의하는 핵심 개념을 말한다. 즉 나를 표현해주는 중요한 몇 가지 속성을 묶어서 정체성이라고 하는 것이다. 김구 선생은 독립운동가이다. 스스로를 그렇게 정의했다. 이것이 김구 선생의 정체성이다. 마하트마 간디는 비폭력주의자이다. 이것이 간디의 정체성이다. 스티브 잡스는 애플 컴퓨터의

CEO다. 이것이 스티브 잡스의 정체성이다. 이들 모두는 자기 자신이 원하던 자신의 모습을 위해 오랫동안 노력하여 그것을 이루어 낸 사람들이다.

다시 말해 이들 모두가 자신의 정체성을 갖고 있었고 그것을 잘 알고 있었던 사람들이다. 괜찮은 삶을 살려면 자기 자신의 정체성이 있어야 한다. 정체성은 일종의 인생의 목적인 것이다. 정체성이 없으면, 인생의 목적이 없으면, 어디로 갈까? 배가 산으로 간다. 조금 잘못돼도, 목적이 있어야 수정할 방향을 알게 된다. 이것이 제대로 살기 위한 아주 중요한 방편이 된다.

스스로 달걀의 껍데기를 깨고 나오면 한 마리의 병아리가 되지만, 남이 깨주면 계란 프라이가 된다. 자신의 능력을 믿자. 내가 나를 믿지 않으면 아무도 나를 믿어주지 않는다. 꽃은 추운 겨울을 나야 피는 법이다. 가지 않은 길이 쉽게 길을 내어 줄 리 없다. 자신감을 가지고, 스스로에게 신념을 주고, 최선을 다해 노력하면 이루어지게 되어 있다. 진실로 원하면 이루어지게 되어 있는 법이니까.

6. 두근거림의 힘

# 청어이야기

**하와이**는 지구상에서 가장 살기 좋은 낙원으로 손꼽힌다. 그래서 그곳에 사는 교민들은 하와이를 가리켜 천국 바로 밑에 있는 '999국'이라고 부른다. 그런데 이상하게도 원주민 수는 자꾸만 줄어들었다. 하와이 당국은 고심 끝에 대학 학비를 전액 지원하는 정책을 비롯하여 여러 가지 대안을 내놓았다. 하지만 별로 뚜렷한 효과를 거두지 못하고 있다. 출산율도 계속 떨어지기만 하는데. 도대체 그 원인을 알 수 없다고 한다.

필자는 그 원인을 '부족한 것이 없는 완벽한 보장'에서 찾았다. 천혜의 자원과 환경, 게다가 사회 보장까지 완벽에 가깝다 보니 오히려 주민들이 의욕을 상실한 것이다. 언뜻 생각하기에는 없어서 아쉬운 것이 각종 보장이지만, 속내를 들여다보면 나태의 함정이 도사리고 있다. 이와 관련하여 '청어 이야기'가 생각난다.

북쪽 바다에서 청어 잡이를 하는 어부들의 가장 큰 관심사는 먼 거리의 런던까지 청어를 싱싱하게 살려서 운반하는 것이었다. 어부들이 아무리 노력해도 배가 런던에 도착해 보면 청어들은 거의 다 죽어 있었기 때문이다. 그 중 한 어부의 청어만은 싱싱하게 살아 있었다. 그 비법을 묻는 사람들에게 그 어부는 이렇게 대답한다.

"나는 청어를 넣은 통에다 뱀장어를 한 마리씩 넣습니다." 그러자 동료 어부들이 놀라며 되물었다. "그러면 뱀장어가 청어를 잡아먹지 않습니까?" 이에 어부가 말하기를 "네! 뱀장어가 청어를 분명 잡아먹습니다. 천적이 활개를 치고 다니면 청어란 녀석들도 살기위해 갖은 노력을 한답니다. 개중에 한두 마리는 희생을 당하지만 다른 놈들은 대개 산채로 운반할 수가 있어요" 뱀장어로부터 살기 위한 몸부림이 결국 청어들의 생명을 연장시킨 것이다.

너나 할 것 없이 경쟁이 치열한 세상에 살고 있다. 마치 뱀장어에게 잡아먹히지 않기 위해 몸부림치는 청어 신세처럼, 우리 사는 세상은 나날이 힘들고 고달프다. 그래서 누구나 한 번 쯤은 경쟁 없는 곳에서 평화롭게 살고 싶다는 생각도 해봤을 것이다. 하지만 뒤집어 생각해보면 갈등과 경쟁이라는 게 쓸모없는 것만은 아니다. 아니, 끊임없이 자극과 도전이 뒤따르는 경쟁 상황을 어떻게 받아들이느냐에 따라 행·불행을 스스로 선택할 수도 있다.

사실, 어떤 면에서든 보장되어 있다는 사실은 든든하고 좋은 일이다. 우리가 열심히 노력하는 것도 알고 보면 일종의 보장을 받기 위해서다. 각자의 미래를 보장받기 위해 학생들은 열심히 공부하고, 운동선수들은 밤낮으로 땀을 흘린다. 직장인들은 노후를 보장받기 위해 허리띠를 졸라매면서 연금도 붓고 보험에도 가입한다. 하지만 보장이 주는 위험, 보장이 주는 방심은 확실히 경계해야 한다. 특히 어린 아이들이나 젊은 세대에게 너무 일찍 모든 것을 보장해 줘서는 안 된다. 그것이 그들의 인생을 망치는 지름길이 될 수도 있기 때문이다.

영어 표현에 'No pain, No gain'이라는 말이 있다. 아픔이 없으면 얻는 것도 없다는 뜻이다. 등산할 때도 한 발 한 발 힘들여 정상에 오를 때와 케이블카를 타고 오를 때의 성취감은 아주 다르다. 인생 길도 마찬가지다. 스스로 아무런 노력도 하지 않았는데 억만금이 주어진들 참다운 기쁨을 느낄 수 없다. 물론 잠깐 동안은 세상을 다 얻은 듯 기쁠 것이다. 그러나 결코 인생을 풍요롭게 만드는 소중한 성취감은 맛볼 수 없을 것이다.

# 마음먹기 나름

**필자**는 최근 목에 염증이 생겨 병원을 다니게 되었다. 그런데 며칠 후 아무리 다녀도 낫지 않아서 의사에게 심하게 항의를 했다. "아니 의사 선생님의 꾸준한 치료에도 왜 낫지 않습니까. 이거 문제 있는 거 아닙니까?" 의사가 대답하기를 "술 담배 계속하시지요? 그래서 낫는 속도가 늦는 겁니다. 담배 한 번 끊어보세요. 담배 끊으면 금방 낫습니다."

중요한 것은 그래서 필자가 담배를 끊은 지 벌써 보름이 지나고 있다는 사실이다. 필자는 일체의 약물이나 도구를 사용하지 않고 '나의 의지'로 담배를 끊었다. 물론 담배의 유해를 떠나 이 나이에 나

244

자신을 시험해 보는 계기를 마련하고 내 의지력에 도전장을 내 보고 싶어 사실 끊고 있다. 세상 모든 일은 마음먹기에 달렸고, 마음을 다스릴 줄 아는 사람이 현명한 사람이라 생각되기 때문이다. 하지만 잘 모르겠다. 필자의 금연생활이 얼마나 더 지속될지 이번 기회가 나의 일상생활에서 분수령이 되었으면 하는 바람이다.

몇 해 전, 일본으로 연수를 간 적이 있다. 일정이 끝나고 잠깐 짬을 내어 관광을 하게 되었다. 버스가 어느 산봉우리에서 멈추었다. 일행들이 내리자 필자도 별 생각 없이 밖으로 나섰다. 봉우리 양쪽 아래로 드넓은 바다가 펼쳐져 있었다. 가이드가 버스를 멈춘 이유에 대하여 설명해 주었다. "여기가 분수령입니다. 빗방울이 이쪽으로 떨어지면 태평양 물이 되고, 저쪽으로 떨어지면 동해물이 되지요. 처음 떨어지는 지점은 별 차이가 없는데 그 결과는 엄청나게 다르지 않습니까?"

분수령! 근원이 같은 물이 두 줄기로 갈라져 흐르기 시작하는 산마루나 산맥을 일컫는 단어이다. 분수령에서 갈라진 물길은 말 그대로 영영 서로 다른 길로 흘러간다. 우리 인생에는 얼마나 많은 분수령이 존재하는가. 크고 작은 분수령을 만날 때마다 나는 어느 골짜기를 선택하여 어느 바다로 향해야 하는가.

그 후부터 필자는 마음을 고쳐먹었다. 이왕 만나는 도전이라면, 이왕 처한 갈등 상황이라면, 괴로워하지 말고 즐겨보기로 결심했다. 도전은 여러 가지 모습으로 나타난다. 그래서 때로는 우리를 힘들고 귀찮게 만든다. 하지만 고통의 얼굴 뒤에 행복이 숨어 있다는 사실을 대부분의 사람들은 간과한다. 그렇다면 긍정적이고 적극적인 관점에서 도전을 바라보자. 필자는 도전을 한마디로 '가치 있는 맞섬'이라 생각한다.

감기가 오면 금연의 기회로 삼아라. 외국 업체를 만나야 한다면, 외국어 공부를 위한 좋은 기회로 삼아라. 프리젠테이션은 자신의 지식을 압축하는 능력을 키워주는 기회이다. 당신 앞에 펼쳐질 온갖 도전들을 즐겁게 받아들이고, 온몸으로 헤쳐 나가라. 도전을 즐기고, 자극과 친해져라. 낯선 도전과 당황스럽기까지 한 자극이 당신을 또 한 단계 성장시켜 줄 것이다. 마음먹기에 관한 에피소드를 소개한다. 100점짜리 인생 이야기다.

알파벳에 a는 1점, b는 2점, c는 3점……. z는 26점을 부여하여 단어의 알파벳 점수를 합쳐보라. 열심히 일하면? hard work는 96점이다. 일만 열심히 한다고 100점까지 인생은 아닌 것이다. 그렇다면 지식이 많으면? knowledge는 96점이다. love는 54점, lucky는 47점이다. 돈도 아닌 것 같다. money는 72점이다. 정답은 태도attitude다. 태도 즉, 마음먹기에 다라 100점짜리 인생이 될 수 있다. 그렇지 않은가?

# 말의 힘

**상스러운** 말은 스스로 품위를 떨어뜨리고 신뢰감을 상실하게 만든다. 존경받는 리더가 되고 싶다면 먼저 품위 있는 말을 사용해야 한다. 지도자가 되기 위한 가장 중요한 덕목은 품위 있고 합리적인 말과 행동이다. 특히 품위 있는 말은 인격의 향기가 되어 많은 사람들을 끌어 모으게 된다.

구시화복문口是禍福門이란 말이 있다. 사람의 입은 화를 불러오는 문이 되기도 하므로, 이는 한 번 더 생각하고 신중하게 말을 하라는 의미가 담겨 있다.

말은 당사자의 인격을 가늠하는 척도이다. 최근 매스컴의 영향으로 말의 무게가 가벼워진 것이 사실이다. 튀는 말을 너무 좋아하다 보니 아이 할 말과 어른 할 말을 구별 못하는 어른들도 있다. 아무리 톡톡 튀는 말이라도 말의 질이 떨어져서는 안 된다. 현인들은 한결같이 말조심을 강조한다. 말하는 것을 보면 그가 어떤 사람인지 알 수 있기 때문이다.

생각의 역사, 정신의 역사, 인격의 역사라고 할 수 있다. 자기가 쏟아낸 말이 그대로 쌓여 복이 되기도 하고 화가 되기도 한다. 그렇기 때문에 입을 열기 전에 한 번 더 생각해 보는 것이 매우 중요하다. 지금 이 말을 해도 되는지, 이 말로 인해 피해를 보는 사람은 없는지, 이 말을 들은 사람은 어떤 생각을 하게 될지. 다음의 일화를 음미해보자.

행세깨나 하고 사는 두 양반이 장에 갔다가 푸줏간에 가서 고기를 산다. 한 양반은 하대하며 주인의 이름을 부르며 "상길이놈, 고기 한 근 떼어 줘"라고 했다. 그러자 단번 칼질에 한 덩어리 뚝딱 잘라 짚으로 메어 건네주었다. 다른 한 양반은 아무리 백정이지만 처자들 앞에서 그 집의 가장을 하대할 수가 없어서 "박 서방, 나도 고기 한 근 주시게" 하였더니 정성스레 맛난 부분을 골라 푸짐히 잘라 잘 묶어서 건네준다. 고기를 먼저 받은 양반이 나중 고기가 배나 더 큰 것을 보고 부아가 나서 "같은 한 근인데 왜 크고 작은 차이가 나느냐" 하고 따졌다. "예, 사람이 달라서 그렇습니다. 먼저 것은 상길이 놈이 잘랐고 뒤의 것은 박 서방이 잘랐으니 다를 수밖에 없습지요."

우리 속담에 말만 잘하면 천 냥 빚도 갚는다 하였다. 이런 속담을 좀 더 이어 가면 웃는 낯에 그 어느 누가 침을 뱉으며 공손한 말씨에 어느 누구가 뺨을 때리겠는가?

# 선재동자에게 배우다

**5월**이다. 싱그러운 5월은 가정의 달로 어린이날, 어버이날, 스승의 날, 석가탄신일 등 행사도 참 많은 달이다. 행사의 반은 무사히 지나갔고 이제 며칠 있으면 석가탄신일이다. 우리 민족은 삼국시대에 불교를 받아들인 이래 불교와 밀접한 관계를 맺으며 살아왔다. 그 결과 내세울 만한 우리의 문화유산은 그 대부분이 불교에서 왔으며, 또한 우리의 의식구조·언어·풍습·사상에는 불교적인 것이 깊이 깔려 있다. 필자는 불교의 가장 큰 매력은 그 무한성이라고 생각한다.

부처님의 말씀을 담은 경전은 그야말로 무궁무진한 지혜의 바다이다. 그 지혜는 이 세상의 어느 분야에도 적용되는 것이며, 기업 경영에도 물론 적용된다. 기업경영은 참으로 멋지고 보람된 일이며 그 속에는 무궁무진한 지혜와 무한성이 숨어있다. 그러나 그것은 매우 복잡하고 힘든 일이기도 하다. CEO는 경쟁사를 이기고 고객, 종업원, 주주를 만족시키기 위해 끊임없이 생각하고 고뇌하고 어려운 결단을 내려야 한다.

마케팅, 경영전략, 재무관리, 인사관리, 회계 및 세무관리 등 신경 써야 할 것이 한둘이 아니며, 그 어느 것 하나도 소홀히 할 수 없다. CEO는 일 년 내내 거의 매일 같이 새벽부터 밤늦게 까지 바삐 일하며, 끊임없이 각종 스트레스에 시달린다. 본인은 쉴 새 없이 뛴다고 생각하는 데도 시간은 늘 부족하기만 하다. 그렇게 바삐 살아가면서도 일이 잘 풀리기만 하면 아무런 문제가 없다.

그러나 아쉽게도 그러한 때는 드물고 크고 작은 난관에 계속 부딪친다. 그러다가 정말로 큰 어려움이 나타나면 적지 않은 경영자들이 좌절을 하거나 깊은 회의 또는 절망감에 빠진다. 이러한 경영자를 볼 때 생각나는 이야기가 있다. 화엄경에 나오는 선재동자善財童子의 이야기이다. 화엄경은 부처님이 깨닫고 난 뒤 가장 먼저 설하셨다고 하는 경전이다. 그 내용은 부처와 보살과 중생이 모두 성불하는 과정을 가르치는 것으로 선재라는 평범한 인간이 53명의 어진 스승을 찾아 도道를 구하고 성불한 과정을 설파한 것이다. 선재의 태도에서 가장 인상적인 부분은 '불굴의 의지'이다.

선재는 구도자의 길을 걸어가면서 숱한 어려움을 겪지만 결코 물러서거나, 주저하거나, 게으름을 피우지 않는다. 어려움이 닥칠 때마다 스스로를 채찍질하고 용기를 내며, 자기 자신을 일으켜 앞으로 나아가는 선재동자의 거룩한 모습은 오늘을 사는 우리들이 배워야 하는 자세이다. 그는 험난한 구도의 길을 뚜벅뚜벅 걸어간다. 선재동자의 이 간절한 구도정신은 진중하게 살아가지 못하는 오늘의 우리들에게 많은 교훈을 준다.

세상일이 쉬운 거야 없겠지만 '나는 이 사업을 반드시 성공시키겠다'고 마음을 단단히 먹으면 신기하게도 방해되는 일이 비켜간다. 그러다 보면 어느새 몰라보게 성장한 회사나 자기 자신을 발견하게 된다. 이는 오로지 딴 마음을 품지 않고 한 마음으로 매진했을 때에 가능한 이야기다. 어려운 때일수록 선재동자의 끈질긴 노력, 물러나지 않는 용기를 생각하자.

'나의 회사' 또는 '나의 인생'을 최고의 걸작으로 만들겠다는 결심이 확고하다면 조그만 걸림돌에 결코 쓰러질 수 없고 그것을 이루기 위해 끝까지 밀고 나가야 한다. 또한 선재동자의 또 하나의 장점은

6. 두근거림의 힘

신분 · 직업 · 지위를 묻지 않고 늘 겸손한 자세로 그 사람을 찾아가 가르침을 청한다는 것이다. 실제로 선재동자가 찾아가는 선지식의 직업을 보면 스님 · 임금 · 이교도 · 목수 · 부자 · 장사꾼 · 뱃사공 · 보살 · 매춘부 등 실로 다양하다.

어떠한 일이든 한 가지에 몰두하여 그것을 통달한 사람이면 누구나 스승이 될 수 있음을 암시한 것이다. 열린 기업문화, 배우는 조직, 강력한 경쟁력은 모두 가까운 지척관계이다. 누구에게나 배울 수 있다는 겸손한 마음은 개인에게나 기업에게나 꼭 필요한 삶의 자세인 것이다.

# 박새와 종달새

**9세기** 말에, 영국에서 있었던 일이다. 우유배달부들이 사람들 집 앞에 우유병을 마개가 열린 상태로 남겨 놓곤 했다. 그러면 우유병의 윗부분에 진한 크림이 형성되기 마련인데, 영국에서 가장 흔한 새인 박새와 종달새가 이 크림을 먹기 시작했다. 이 새들이 크림을 즐기기 시작한지 50년이 지난 1930년대에 영국에서는 우윳병에 알루미늄 마개를 사용하기 시작했다. 1950년대 초까지 영국의 100만 마리가 넘는 박새는 그 마개를 뚫는 방법을 알아냈고, 종달새는 그 기술을 습득하지 못했다. 박새는 어떻게 해서 종種간의 경쟁에서 우위를 차지하게 되었는가?

인간과는 매우 다른 조직이 어떻게 학습을 할 수 있었을까? 이 문제에 대한 답을 찾는데 캘리포니아 대학의 분자생물학 교수였던 故 앨런 윌슨 박사의 연구가 많은 도움을 준다. 윌슨 박사의 가설에 의하면, 환경속의 기회를 활용할 수 있는 능력이 '종species' 전체의 차원에서 향상될 수 있다는 것이다. 여기에는 3가지의 필요조건이 있다.

첫째, 종의 구성원들이 이동할 수 있어야 하며 이동해야 한다. 그리고 개별 구성원들이 자기만의 영역에 머무르지 않고 무리를 지어 이동해야 한다. 둘째, 개별 구성원들의 일부는 새로운 행위 또는 기술을 개발할 수 있는 능력을 가지고 있어야 한다. 셋째로, 개별 구성원의 기술을 유전에 의해서가 아니라 직접적인 의사소통에 의해 종 전체에 퍼뜨리는 체계화된 과정이 있어야 한다.

윌슨 박사에 의하면, 이러한 세 전제조건이 충족되면 전체로서의 종이 학습을 가속시킬 수 있으며 환경의 근본적 변화에 신속하게 적응할 수 있는 능력을 배양하게 된다. 종달새는 이러한 사회적 시스템이 없었다. 물론, 종달새들도 서로 간에 의사소통을 한다. 그러나 그들은 근본적으로 영역을 지키는 새다. 박새는 5~6월에 짝을 지어 함께 산다. 6월 말, 7월에는 8마리 또는 10~12마리의 박새가 모여 사는 것을 볼 수 있다. 그들은 이 정원에서 저 정원으로 옮겨 다니며, 같이 놀고먹는다. 함께 모이는 새는 더 빨리 배운다.

함께 모이는 것을 장려하는 조직도 마찬가지다. 수백 명의 종업원을 가진 조직이라면 그 중 박새가 크림을 찾듯이 새로운 장소를 개발해 낼 만큼 호기심이 많은 사람이 최소한 몇 명은 될 것이다. 그러나 몇몇 혁신을 이루는 사람을 조직 속에 묶어 두는 것만으로 조직전체의 학습이 보장되지는 않는다. 조직은 이러한 혁신세력을 다른 사람들과 상호작용 하도록 도와주어야 한다.

우리는 위의 사례에서 커뮤니케이션의 중요성을 확인할 수 있다. 박새는 구성원의 일부가 발견한 새로운 능력을 전체 무리에 알려줌으로써 즐거움을 함께 누릴 수 있었다. 하지만 자기 영역을 지키는 데에만 신경을 곤두세운 종달새는 똑같은 의사소통 수단이 있음에도 불구하고 즐거움을 공유하지 못했다. 박새의 예에서 보듯이, 커뮤니케이션이란 생각과 정보를 서로 나눠 가짐으로써 그에 따르는 이런저런 이익도 함께 나누는 것이다.

조직에서 커뮤니케이션의 중요성은 아무리 강조해도 지나치지 않다. 창조경제 시대의 첨단에 있는 조직의 경우라면 더욱 그러하다. 커뮤니케이션이 얼마나 원활하게 이루어지느냐는 조직의 건강도를 판단하는 1차적 기준이다. 커뮤니케이션이 활발히 이루어지고, 정보를 매개로 서로가 서로를 자극함으로써, 배우고 학습하는 분위기가 조성될 때 건강하고 행복한 조직이 될 수 있을 것이다.

각설하고, 다시 새 이야기로 돌아가서, 과연 조직에서 나는 박새일까? 종달새일까?

# 한 장 남은 달력 앞에서

**가을**인가 싶더니 겨울이 성큼 다가왔다. 참 세월 빠르다. 20대는 20㎞, 30대는 30㎞, 50대는 50㎞의 속도로 나이가 들면서 시간은 점점 빨리 간다. 인생은 두루마리 휴지와 같아서, 처음에는 더디 가는 듯싶지만 쓸수록 빨라진다. 가장 아껴야 하는 게 시간이다.

모든 사람에게 하루는 24시간이 주어진다. 따라서 주어진 시간을 어떻게 활용하는가에 따라 인생의 모습이 달라진다. 많은 시간을 술 마시는 데 바치면 술꾼이 될 것이고 공부하는 데 바치면 학자가 될 것이다. 그래서 사람을 '시간의 요리사'라고 한다. 성공하는

6. 두근거림의 힘

사람은 시간을 잘 활용하는 사람이고 실패하는 사람은 시간을 잘 요리하지 못하는 사람이란 뜻이다.

시간에는 생명이 있다. 생명처럼 다시 돌이킬 수 없고 생명처럼 소중한 것이 시간이다. 인생에서 가장 중요한 사람이 바로 당신 앞에 있는 사람이듯이 가장 중요한 때가 바로 이 순간임을 잊지 말아야 한다. 세월은 사람을 기다려 주지 않는다. 때와 시간은 얻기 어렵고 잃기 쉬운 것이다. 지금 좀 여유가 있다 싶어 저축해둘 수도 없고 남에게 나누어 줄 수도 없다. 빌려온다는 것은 더더욱 불가능하다. 그리고 '오늘'에 시간을 투자해야 한다. 왜 이런 말이 있지 않는가. 어제는 히스토리이고 내일은 미스터리라고.

과거와 미래는 의미 있는 시간 관리의 대상이 되지 않는다. 과거에 대한 집착은 과감히 버리고 미래에 대한 불확실한 기대에서 벗어나야 한다. 중요한 것은 현재를 최대한 활용하여 삶을 충실하게 하는 일이다. 필자 자신도 과거에 집착하고 불확실한 미래를 생각하느라 소중한 지금, 그리고 현재 내 옆에 있는 사람에게 충실하지 못하는 때가 많았지만 앞으로는 현재의 삶에 충실하도록 할 것이다.

며칠 전 책에서 읽었던 어느 스님의 말씀이 생각난다. 오늘은 매우 중요한 날이라고. 왜냐하면 '오늘은 나의 남은 삶 중 가장 젊은

날'이기 때문이다. 오늘의 소중하고 열심인 삶을 위해서는 과거와의 결별을 선언해야 한다. 특히 불행했던 과거와 단절해야 한다. 마크 트웨인이 말한 것처럼 지나간 과거에 관해 기억할만한 가치가 있는 것은 오직 한 가지, '과거란 이미 지나간 것으로 돌이킬 수 없다'는 것이다.

순간순간을 소중하게 여길 줄 모르고 흘려보내는 삶을 사는 사람이 가장 불행한 사람이다. 그래서 인생을 낭비하고 시간을 소비한 죄가 가장 무겁고 무섭다고 한다. 꽃이 어디서나 아름다운 이유는 순간순간 자기 할 일을 다 하기 때문이 아닐까. 자신의 일에 몰입하면서 땀 흘리는 사람은 진정 꽃보다 아름답다. 필자가 좋아하는 정현종 시인의 시를 소개한다.


## 모든 순간이 꽃봉오리인 것을


나는 가끔 후회한다.
그때 그 일이
노다지였을지도 모르는데
그때 그 사람이

그때 그 물건이

노다지였을지도 모르는데

더 열심히 파고들고

더 열심히 말을 걸고

더 열심히 귀 기울이고

더 열심히 사랑할 걸


반벙어리처럼

귀머거리처럼

보내지는 않았는가.

우두커니처럼

더 열심히 그 순간을

사랑할 것을


모든 순간이 다아

꽃봉오리인 것을.

내 열심에 따라 피어날

꽃봉오리인 것을

# 삶을 대하는 자세

**소치** 동계올림픽 여자쇼트트랙 500m 결승전에서 다른 선수의 반칙으로 아깝게 동메달에 그친 박승희 선수는 자신의 트위터에 "나에게 제일 소중한 메달이 될 듯하다. 모든 게 운명일 것이고, 난 괜찮다. 대한민국 파이팅!"이라는 메시지와 동메달 인증 샷을 올렸다. 다른 선수의 반칙으로 두 번씩이나 넘어져도 포기하지 않고 다시 일어서서 달린 것은 선수의 본능이라 해도 경기에서 지고 난 뒤 이렇게 침착할 수 있다니. 그리고 박승희 선수는 "넘어진 것도 실력"이라고 했다.

다른 선수의 반칙으로 경기를 망쳤는데도 자신을 밀친 영국 선수

엘리스 크리스티에 대해선 "크리스티가 나보다 더 울고 있더라. 착한 선수인데 나중에 내게 미안해 할 것"이라고도 했다. 이렇게 담담할 수가 있다니. 정말 대단한 내공이다. 그 박승희 선수가 결국 여자 쇼트트랙 3000미터 계주와 1000미터에서 두 개의 금메달을 따 올림픽 2관왕이 되었다. 박승희 선수에게 박수를 보낸다. 각설하고, 박승희 선수의 '운명론'을 접하면서 삶을 대하는 자세에 대해서 생각해 보았다.

삶을 대하는 자세에는 두 가지 부류가 있다고 한다. 하나는 '주도적인 자세'이고 다른 하나는 '대응적인 자세'이다. 주도적인 자세는 자신이 주인이 돼 살아가는 태도이다. 자신의 행복을 주변 사람이나 주변에서 일어나는 사건에 맡기는 것이 아니라, 스스로 운명을 이끌어 가는 삶이다. 자극이 오면 곧 바로 반응하지 않고 한 번 걸러서 반응한다. 여기서 필터링한다는 것은 '잔머리'를 굴리는 것이 아니고, '긍정적'으로 '좋게' 생각한다는 것이다.

역경이 닥치면 '내 탓이오'하고, 일이 잘 풀리면 주위 사람들의 '덕택이다'고 하면서 다른 사람들에게 진심으로 감사한다. 이런 사람의 삶은 늘 행복하고 즐겁다. 세상사 모두 즐거운 일만 있겠는가마는 '반응'은 늘 그렇게 한다는 것이다. 이런 사람을 만나면 다른 사람도 행복해진다. 반면 대응적인 자세는 본능적으로 반응하는 것이다. 자극과 반응 사이에 '가치관'이란 필터가 존재하지 않는 형태다. 싫은 소리를 들으면 곧바로 짜증을 내고, 길이 막히면 불평하고, 하는 일이 뜻대로 안되면 분통을 터트리는 식이다.

우리의 삶이란 자극과 반응의 연속이라 해도 과언이 아니다. 누구나 여기에서 자유로울 수는 없을 것이다. 그러나 '반응'은 내가 마음먹은 대로, 즉 '나의 생각'대로 할 수 있다. 이것이 신이 우리에게 준 가장 큰 선물이다. 자신의 꿈이 좌절되었다고, 하는 일이 잘 안 풀린다고 다른 곳에서 위안을 얻고자 하는 사람은 자신의 행복을 나 아닌 남을 통해 얻으려는 것과 같다. 그것은 본인 자신에게도 안 된 일이지만 위임받은 당사자도 부담스럽고 힘들다.

자녀의 공부에 지나치게 집착하는 사람도 마찬가지다. 자식의 성적에 따라 기분이 개기도 하고 흐리기도 한다. 하지만 자식의 입장에서 이해가 안 된다. 자신의 행복은 자신에게 달려 있다. 행복은 사소한 것에 감사하는 것으로 시작된다. 일어나지 않을 일을 바라기보다 이미 일어난 일을 어떻게 바라보느냐에 따라 행복은 결정된다.

가질 수 없는 것을 바라지 말고 이미 가진 것을 즐길 수 있을 때 삶은 더욱 풍요로워질 것이다. 욕심은 쓰레기 같은 것이다. 버리고 나면 마음이 개운해진다. 양심은 보물과 같은 것이다. 버리고 나면

왠지 마음이 무겁다. 행복은 우리가 가진 것을, 우리 주변을, 우리에게 일어나는 일을 어떻게 보느냐에 대한 것이다. 부정적인 일에서 긍정적인 것을, 위기에서 기회를 발견할 줄 아는 능력이다.

# 내
# 인생은
# 몇
# 점
?

**어려운** 일이 닥치거나 현실이 힘에 부치면 '어디론가 멀리 떠나고 싶다'는 생각을 하게 된다. 하지만 우리가 살아 있는 한, 세상의 모든 것과 인연을 끊지 않는 한, 이 세상 어디에도 근심걱정 없는 곳, 날마다 평화와 자유만 있는 곳은 없다. 때로는 예상치 않았던 폭우가 쏟아지고, 갑자기 태풍이나 해일이 덮치고, 홍수가 나기도 하는 곳이 세상이다.

어디에 있건, 무슨 일을 하건, 그런 갑작스런 회오리에 우리는 자유롭지 못하다. 직장을 옮겨보고 멀리멀리 이사를 해봐도, 내가 변하지 않으면 어떤 것도 변하지 않는다. 문제는 나를 둘러싼 환경이

6. 두근거림의 힘

나 공간이 아니다. 세상의 변화를 바라보는 '나'의 시선이다. 내가 세상을 바라보는 시각을 바꾸면 참으로 많은 것이 달라진다.

인간은 갖가지 형태로 몰아치는 자연의 급격한 현상을 '재해'라고 이름 짓고, 그때마다 원망스러운 눈으로 하늘을 쳐다본다. 하지만 자연은 어쩌면 그런 과정을 통해 스스로를 정화하고 있는지도 모른다. 막혀 있던 곳에 통로를 내고, 쌓여 있던 축적물을 산산이 부수고 나눠 새것을 준비하는 자연 나름대로의 생존 방식인지도 모른다.

어차피 화창한 날도 있고 폭풍우 치는 날도 있는 것이 세상의 법칙이라면, 나를 둘러싸고 벌어지는 여러 상황에 좀 더 주도적으로 대응할 필요가 있지 않을까? 내 앞에 닥친 현실을 어떻게 해석하고 어떻게 반응하는가를 '선택'하는 것은 온전히 나의 몫이다. 요즘 내게 가장 큰 화두는 '지금, 내가 여기 있다!'이다. 삶의 중심은 언제나 '나'이며, 내 눈앞에 펼쳐진 것은 항상 '지금'이라는 현재 뿐이다. 세상은 절대로 나를 바꿔주지 않는다.

내 삶에서는 오직 나만이 세상을 바꾸는 주인공이다. 대응적인 삶을 주도적으로 바꿀 수 있는 사람도 '나'뿐이다. 우리는 지금까지 세상의 낡은 틀을 고집스럽게 이어왔다. 그러나 남이 세워놓은 기준에 몸과 마음을 맞추면, 평생토록 진정한 행복을 맛보지 못한다.

성공한 사람은 세상의 틀에 안주하지 않고, 스스로 자신만의 룰을 만들며 살아간다. 세상을 살다보면 도전은 여러 가지 모습으로 나타난다. 그래서 때로는 우리를 힘들고 귀찮게 만든다.

하지만 고통의 얼굴 뒤에 행복이 숨어 있다는 사실을 대부분의 사람들은 간과한다. 그렇다면 긍정적이고 적극적인 관점에서 도전을 바라보자. 필자는 도전을 한마디로 '가치 있는 맞섬'이라 생각한다. 도전을 즐기고, 자극과 친해져야 한다. 낯선 도전과 당황스럽기까지 한 자극이 당신을 또 한 단계 성장시켜 줄 것이다.

6. 두근거림의 힘

# 행복의 지름길

**아침** 출근길, 라디오로 안타까운 소식을 들었다. 며칠 전, 자살을 시도해 뇌사상태에 빠졌던 유명한 배우 겸 탤런트가 결국 세상을 떠났다는 내용이었다. 하지만 그는 떠나면서 장기를 기증해 5명의 난치병 환자에게 새 삶을 선물했다.

문득 몇 해 전 대한민국 전체를 충격에 빠뜨렸던 톱스타 여배우와 그 남편인 야구선수의 자살 사건이 떠올랐다. 사회에 영향을 미치는 유명인이 자살할 경우, 그 대상을 모방해 자살을 시도하는 현상인 '베르테르 효과' 같은 부작용이 나타날까봐 걱정이 앞선다. 당대 최고의 스타로서, 겉으로 드러난 화려한 삶도 그리 행복하지는 않았나보다.

행복에 대하여 생각해보게 하는 아침이다. 성철 스님은 검은 고무신 한 켤레와 승복 한 벌을 남기면서 '사람답게 사는 것'이 행복임을 가르쳐주고 떠났다. 아리스토텔레스는 행복이 최상의 선이라고 규정하며 존재의 최종적인 이유와 목적이 행복이라고 주장했다. 즉, '최상의 좋음'이 행복이라는 것이다. 목적론적이고 가치 지향적이다.

행복은 흔히 우리가 행복의 조건으로 추구하는 돈, 명예, 권력 등에서 오는 것이 아님을 항상 인식해야 한다. 행복은 사랑하고 존경하는 사람들과의 유대관계, 바람직한 인간관계의 수준에 달려 있는 것이다. 이들 또는 이와 유사한 것들이 없거나 적으면 불행해질 수 있다는 관점에서 보면, 이것들은 불행을 피하고 행복에 이르게 하는 필요조건일 수는 있으나 결코 충분조건이 될 수는 없다. 그렇다면 필요조건이 되고 충분조건이 되는 것은 무엇일까? 그것은 마음가짐이다. 행복 또는 불행의 기준은 사람마다 다르기 때문에 행복 또는 불행은 그것을 느끼는 각자의 마음가짐에 달렸다.

행복의 첫 번째 조건은 자기 자신을 있는 그대로 받아들이고 남들도 있는 그대로 인정하는 일이다. 그리고 서로의 좋은 점을 찾으

6. 두근거림의 힘

려고 노력해야 한다. 바로 거기서부터 인간관계의 지평이 넓어진다. 16세기 프랑스 사상가였던 몽테뉴는 '인간 간의 유대감을 다지는 동시에 자기 자신을 있는 그대로 받아들여야 행복해진다'고 말한 바 있다.

행복의 두 번째 조건은 쓸데없는 근심 걱정을 하지 말아야 한다. 심리학자들의 유명한 한 조사 결과에 따르면 우리가 흔히 하는 걱정이 40%는 현실로 절대 일어나지 않으며, 30%는 이미 일어난 일, 지나간 버린 일에 대한 것이며, 22%는 사소하고, 그래서 심각히 고민할 필요가 없는 것이라고 한다. 다시 말해서 보통 사람들이 하는 근심, 걱정의 92%는 기우이며, 오직 시간 낭비뿐이라는 것이다. 그렇다면 이제 남아 있는 8%가 문제로 남는다. 이 조사 결과에 의하면 8% 가운데 4%는 사람의 힘으로는 어쩔 수 없는 일에 대한 것이고 나머지 4%만이 사람의 힘으로 바꿔놓을 수 있는 성질의 것이된다. 영화 '바람과 함께 사라지다'는 '내일은 내일의 태양이 떠오른다'는 유명한 말로 끝내고 있다.

혹시 당신은 다른 사람에게 보이는 체면 때문에, 명예 때문에, 아니면 무슨 무슨 생각 때문에 걱정하고 근심하고 있는가? 걱정 꽉 붙들어 매시라. 장담컨대 세상에 당신만을 생각하고 있는 사람은 아무도 없다. 그들은 자신만을 생각하고 있다. 그러기만도 바쁠 테니까. 바로 당신이 그러하듯이 말이다. 각자의 그릇에 맞는 각자의 행복이 있는 거다.

결론적으로, 남과 비교하지 않기, 밖에서 찾으려 하지 말고 마음 안에서 찾기, 그리고 지금 이 순간 세상의 아름다움을 찾아서 느끼기, 이것이 행복의 지름길이 아닐까.

# 가을 有感

**흔히** 도토리가 열리는 졸참나무, 갈참나무, 굴참나무, 신갈나무, 떡갈나무 그리고 상수리나무를 한데 묶어 참나무라고 한다. 상수리나무가 집안 이름, 즉 참나무에서 좀 다른 이름을 갖게 된 데에는 나름의 사연이 있다. 상수리나무의 원래 이름은 '토리'였다. 임진왜란 때 의주로 피난 간 선조는 제대로 먹을 음식이 없자 토리나무의 열매인 토리로 만든 묵을 먹었다. 묵 맛에 **빠진** 선조는 왜란이 끝나고 궁에 돌아온 뒤에도 토리로 만든 묵인 도토리묵을 즐겨 찾았다. 그래서 상시 수라상에 오르게 돼 '상수라'가 됐다가 '상수리'로 불리게 되었다.

도토리는 떡갈나무의 열매를 가리키는 단어였지만 오늘날 도토리는 참나무 속 나무의 열매를 통칭하는 표현이 됐다. 가을철 산에 오르다보면 재미 삼아 바닥에 떨어진 도토리를 줍는 사람이 있는가 하면 아예 자루를 들고 나선 사람들도 많다. 그만큼 참나무는 해마다 많은 양의 도토리를 만들어 낸다고 한다. 얼마나 많은가 하면 풍년인 해는 성숙한 참나무 한 그루에서 1만개가 넘는 도토리를 만들고 흉년인 해에도 최소 300~400개의 도토리를 만든다고 한다. 참나무는 왜 이렇게 많은 양의 열매를 만드는 것일까.

참나무가 만드는 도토리는 몸집이 통실해 바람을 타지도 못하고 나무 아래로 굴러 떨어진다. 그러나 도토리를 주로 먹는 다람쥐는 도토리를 입에 물고 좁게는 수십m에서 수km까지 이동할 수 있고, 참나무가 자라는 곳보다 더 높은 고지대에도 간다. 이어 겨울철 식량을 저축하기 위해 도토리를 땅속에 묻는다. 그런데 다람쥐는 머리가 나빠 자신이 어디에 도토리를 묻었는지 기억하지 못한다. 연구결과에 따르면 다람쥐는 땅에 묻은 도토리의 95% 이상을 찾아내지 못한다고 한다.

결국 땅에 묻힌 도토리는 싹을 틔운다. 다람쥐의 건망증으로 새로운 숲이 만들어지는 것이다. 다람쥐의 건망증이 아니었다면 무성한 숲이 만들어지지 않았을지도 모른다. 안나 게르만의 '가을의 노

6. 두근거림의 힘

래'를 들으며 수목원 길을 걷는다. 지난여름, 그토록 맹렬했던 폭염 속에서도 꿋꿋하게 푸름을 자랑하던 나뭇잎들이 하나둘 노랗게 물들어 간다. 이제 얼마 있으면 하나 둘씩 바람에 떨어질 것이다. 떨어지는 낙엽을 바라보며 우리네 인생도 언젠가는 본래의 고향으로 되돌아 가야함을 자연으로부터 깨닫게 된다.

법정 스님이 말했듯이 '가을은 참 이상한 계절이다' 시름시름 앓고 있는 나무를 바라볼 때 나는 새삼 착해지려고 한다. 나뭇잎처럼 내 마음도 엷은 우수에 물들어 간다. 지금은 어느 하늘 아래서 무슨 일을 하고 있을까 하고 멀리 떠난 친구의 안부가 궁금해진다. 그래서 집으로 돌아가는 버스 안에서 대중가요를 들으며 속이 빤히 들여다보이는 가사 하나에도 곧잘 귀를 기울이곤 한다. 가을은 마법 같은 그런 계절인 모양이다.

가을은 결실의 계절이지만 이별을 예고하는 계절이기도 하다. 그래서 가을은 우리에게 겸손을 배우게 한다. 세상에서 가장 불행한 사람은 가지지 못한 사람이 아니라 가졌으면서 베풀지 못하는 사람이다. 신께서 재물과 재능을 주셨음에도 그것을 올바르게 사용하지 않기 때문에 그 재물과 재능이 오히려 삶의 장애가 되는 경우도 있다. 가질 수 없는 것을 바라지 말고 이미 가진 것을 즐길 수 있을 때 삶은 더욱 풍요로워질 것이다.

가을이 가기 전에, 낙엽이 지기 전에 나에게 주어진 사소한 것에 감사하며, 겸손한 마음으로 이웃과 함께할 때, 행복과 풍요가 찾아올 것이다.

# 나, 다니엘 블레이크

**최근** 사람에 대해 그리고, 사는 게 뭔지 생각해 보게 하는 영화 한편을 봤다. 제주영화제 개막작인 켄 로치 감독의 '나, 다니엘 블레이크'가 그것이다. 올해 5월 열린 칸영화제 황금종려상 수상식 때, 15분간 기립박수를 받았다고 하는데 충분히 그럴 만하다고 생각된다. 이 작품의 줄거리를 소개하면 다음과 같다.

주인공인 59세 '다니엘 블레이크'는 평생을 성실하게 목수로 살아온 사람이다. 그러다가 지병인 심장병이 악화되어 일을 계속 할수 없는 상황이 되고, 실업급여를 받기 위해 찾아간 관공서에서 복잡하고 관료적인 절차 때문에 번번이 좌절하게 된다. 전화해도 1시간 이상 동안 받지 않고, 찾아가도 복잡하기 짝이 없는 절차를 요구한다.

국민으로서 마땅히 받아야할 권리와 혜택을 요구했을 뿐인데, 왜 이렇게 세상은 힘든 것일까? 한편, 그가 관공서에서 만난 싱글맘인 '케이티' 역시 런던에서 무연고지인 뉴캐슬로 주거지 원조를 받기 위해 이주해 왔지만 약속시간에 10분 늦었다는 이유로 상담조차 못하고 제재 대상이 되어 버린다. 그 후 '다니엘'은 '케이티'를 도와주게 된다. 그녀의 집을 수리해주기도 하고, 아이들을 맡아 주기도 한다. 아끼는 가구를 팔아야 할 정도로 상황이 좋지 않으면서도 자기보다 더 어려운 이에게 눈을 돌릴 줄 아는 그의 모습은 관객들에게 감동을 준다.

영화는 주인공 '다니엘'과 '케이티'가 정부 보조를 받기 위해 고군분투하는 과정을 담담히 그려냄으로서 비합리적인 사회 시스템의 문제점과 복지 정책을 고발하며, 그를 통해 드러난 인권 침해와 사회 부조리를 비판하고 있다. 그래서 '다니엘 블레이크'는 외친다. " 내 이름은 다니엘 블레이크입니다. 나는 개가 아니라 사람입니다." 그러니 나를 사람취급 해달라고 부디 사람답게 살게 해달라고 말이다. "사람이 자존심을 잃으면 다 잃는 거요"라는 대사도 가슴에 긴

여운을 남긴다.

이 영화는 영국의 비합리적인 관료주의와 복지제도의 허점을 비판한 사회 비판적인 영화다. 그러나 비록 영국을 배경으로 한 영화이지만 민영화, 허울뿐인 복지제도, 일자리 부족 등 사회적인 문제가 비단 영국만의 문제가 아니기 때문에 더욱 공감이 가고 가슴에 와 닿는다. 먹고 살기 힘든 세상일수록 서로가 서로를 도와야 한다는 것, 사람간의 정情이 희망이라는 메시지도 감동적이다. 이렇게 좋은 영화를 보게 해준 사단법인 제주영화제에 이 지면을 빌어 감사드린다.

옛날 중고등학교 교과서에 나왔던 이야기를 소개한다. 거기에 보면 사람을 분류하는 세 가지 기준이 나온다. '난 사람', '든 사람', '된 사람'이 그것이다. '난 사람'은 이름이 널리 알려지고 출세하여 세상 사람들이 많이 아는 사람이다. '든 사람'은 학식이 풍부하고 지식이 많은 사람이다. '된 사람'은 인격이 훌륭한 사람이다.

옛 어른들은 돈 잘 벌고 고관대작 되는 것도 좋고, 학식이 많은 것도 좋지만, 결국은 된 사람이 되어야 한다고 강조한다. '몸가짐이 겸손하고 인사성이 밝아야 한다'와 같은, 인간에 대한 예의와 존중이 훌륭한 인성의 필수 덕목임을 일깨운 것이다. 그래서 학교와 가정에서 남을 불쌍히 여기는 측은지심과 남에게 양보할 줄 아는 사양지심을 내면화하는 교육이 늘 먼저였다. 인간에 대한 예의와 존중은 어느 시대 어느 곳에서나 사람이 갖추어야 할 보편 덕목이다.

# 일에 대한 단상

**도산** 안창호 선생은 "일하기 싫으면 먹지도 말라"고 했다. 과연 우리는 먹기 위해 일을 하는 것일까. 그렇다면 먹고 살만한 사장님, 회장님들이 왜 새벽부터 밤늦게까지 일에 매달리는 것일까. 마지못해서가 아니라 기꺼이 일하도록 할 수는 없는 것일까.

흔히들 일하는 까닭은 돈 벌기 위해서, 먹고 살기 위해서, 지금보다 잘 살기 위해서라고 생각하며 어떤 게임이나 놀이와는 다르다고 생각한다. 일반적인 대화 속에서도 '일'은 '큰일 났다', '일 저질렀다', '일이 많다'는 식으로 부정적으로 비춰지고 있으며 성경을 보아도 일이란 아담과 이브가 금단의 열매를 따먹고 에덴동산에서 쫓겨 날 때 여호와로부터 받은 '죗값'으로 표현한다. 근로자들의 주장도 수백 년에 걸쳐 한결같이 월급은 올리고 일은 줄이려는 시도로 일관되어 왔다.

그러나 다른 관점도 있다. 우리나라 근로자들의 노동시간은 주당 평균 40시간으로 줄었는데 '일' 때문에 바쁘다는 말은 더 많이 들린다. 그뿐인가. 학교를 졸업한 여성들이 결혼보다는 일터로 나가기를 더 원하고 있으며, 심지어는 가정에서 편히 쉬고 있는 주부들마저 취업전선으로 나온다.

인간은 생각하는 동물homo sapiens이기도 하지만 노동하는 동물homo faber이기도 하다. 이처럼 '일'은 자연스러운, 너무나 당연한 행위요, 권리다. 단지 '일'의 방법이 잘못 만들어 졌을 때, 자연스러운 '일 본능'에 역행하게 되고 일이 싫어지게 되는 것이다. 이렇게 볼 때 '일'에 대한 두 가지의 상반된 관점, 즉 긍정적 견해, 부정적 견해는 사실 동전의 양면과 같아서 부정적인 면을 뒤로 하고 긍정적인 면을 대두시킴으로써 사람들을 신바람 나게 일하도록 하여 조직의 성과도 올리고 그들의 삶도 보람 있게 만들 수 있다.

다음 이야기는 생각에 따라서 일이 갖는 의미가 얼마나 중요한

283

6. 두근거림의 힘

지, 삶에서 중요한 것이 무엇인지 우리에게 일깨워준다. 여기 돌 깎는 석공 셋이 있다. "지금 뭐하고 있습니까?" 첫 번째 석공에게 물었다. "눈 없소? 보면 모르오?" 그는 불평을 한다. "뭐 하는 중입니까?" 두 번째 석공에게 물었다. "돈 벌고 있잖소. 가족을 먹여야 하고, 좋은 집도 사야하고 돈을 더 많이 모아야 하기 때문이오" 아무 감정 없이 사무적으로 대꾸한다. "뭐하고 있습니까?" 세 번째 석공에게 물었다. "나는 수많은 사람들이 영혼의 안식을 찾을 수 있는 훌륭한 성당을 지을 돌을 다듬고 있소" 그가 열정과 행복에 찬 미소로 대답했다.

첫 번째 석공은 매일 똑같은 일에 찌들어있다. 그래서 불평을 하고 있다. 그의 삶은 목표가 없고 삶이라는 무게를 견디어내고 있을 뿐이다. 두 번째 석공은 좋은 집을 가지고 돈도 벌 것이다. 그러나 공허한 삶을 돌아보며 이기적인 사람인 채로 죽음을 맞이할 것이다. 그는 부지런하지만 남이 시키는 일을 할 뿐, 행복과 기쁨과 열정이 없는 텅 빈 삶을 살고 있다. 세 번째 석공은 삶의 목표가 있을 뿐만 아니라 그것을 통해 그와 그의 가족을 먹여 살리고, 그 또한 행복과 건강과 활력을 선물로 받게 될 것이다. 그는 '일'이란 행위에서 물질 이상의 '가치'를 바라보고 있으며, 그것을 통해 성실 이상의 열정을 발휘할 것이다.

세 명의 석공은 모두 같은 일을 하고 있지만, 결코 같지 않은 삶을 살아갈 것이다. 당신은 어떤 석공과 비슷한가. 그리고 어떤 석공이 되고 싶은가?

서로,
위로하는

작은 변화가
나를 바꾸고 세상을 바꾼다